LA PERLA NEGRA

SCOTT O'DELL

LA PERLA NEGRA

EDITORIAL NOGUER, S. A.
BARCELONA - MADRID

Título original:
The Black Pearl

© 1968 by Scott O'Dell
© 1969 by Editorial Noguer, S.A.
Santa Amelia 22, Barcelona
Reservados todos los derechos
ISBN: 84-279-3112-3

Cubierta e ilustraciones: R. Riera Rojas
Traducción: Andrés Bosch

Décima edición: septiembre 1997

Impreso en España - Printed in Spain
Mysitac, S.A, Badalona
Depósito legal: B - 29898 - 1997

Y aquel día, el Señor castigará a la astuta serpiente... y dará muerte al dragón de los mares.

ISAÍAS

1

Todos los que viven en nuestra ciudad de La Paz, o en las alejadas costas o las altas montañas de la Baja California, han oído hablar del Diablo Manta. Y, según me han dicho, muchos son los que viven en otros lugares del ancho mundo que también han oído hablar de él. Pero, entre estos millares de personas tan sólo dos lo han visto verdaderamente. Y de los dos tan sólo uno vive, y éste uno soy yo, Ramón Salazar.

En la ciudad de La Paz y en toda Baja California, hay mucha gente que *dice* haber visto al Diablo Manta. Por la noche, los viejos sentados junto a las hogueras cuentan a sus nietos los encuentros que tuvieron con el Diablo Manta. Y las madres amenazan a sus hijos, para darles miedo, cuando se portan mal, con hacer venir de las profundidades de los mares al terrible gigante.

Ahora, tengo dieciséis años, pero cuando era más pequeño y hacía cosas que no debía hacer, mi madre me decía muy seria: «Ramón, si vuelves a hacer esto, llamaré al Diablo Manta».

Mi madre me decía que el Diablo Manta era más grande que el más grande de todos los barcos que había en la bahía de La Paz. Tenía siete ojos de color de ámbar; en forma de media luna, y en la boca tenía siete hileras de dientes, y cada diente era tan largo como la navaja de Toledo de mi padre. Con estos dientes, el Diablo Manta podía quebrarme los huesos, igual que si fueran cañas.

Las madres de mis amigos también les amenazaban con llamar al Diablo Manta. El Diablo Manta de que hablaban las madres de mis amigos era un tanto diferente de aquel del que hablaba mi madre, ya que a veces tenía más dientes y otras menos, los ojos también eran diferentes, y a veces tenía un solo ojo, en vez de siete.

Mi abuelo era el hombre más sabio de nuestra ciudad. Sabía leer y escribir, y recitaba largos poemas que se sabía de memoria. Había visto varias veces al Diablo Manta, tanto de día como de noche, según él mismo decía, y sus descripciones del Diablo Manta eran las más verdaderas de todas.

De todos modos, quiero deciros que los viejos, las madres, e incluso mi abuelo, no podían explicar verdaderamente cómo era el Diablo Manta.

Es posible que si el Padre Linares estuviera vivo podría contarnos la verdad, porque él fue el primero que vio al Diablo Manta, hace más de cien años.

En aquellos tiempos, el Diablo Manta tenía garras y lengua con dos puntas, en forma de arpón. Merodeaba por nuestras tierras, y allí donde iba las cosechas se agostaban y morían, y el aire apestaba. Entonces, el Padre Linares le ordenó, en nombre de Dios, que desapareciera en los mares y que se quedara allí. Y el Diablo Manta le obedeció.

Ignoro si el Padre Linares volvió a verle o no, pero sí sé que, al ir a vivir en el mar, el Diablo Manta perdió las garras y la lengua con dos puntas y dejó de apestar. En el mar, el Diablo Manta se convirtió en el ser más hermoso que he visto en mi vida. Sí, de verdad, en un ser hermoso. Y, a pesar de todo, seguía siendo aquel ser perverso que el Padre Linares expulsó de nuestras tierras, hace muchos años. Esto es algo muy extraño.

Y también es extraño que, años atrás, yo no creyera en la existencia del Diablo Manta. Cuando mi madre me amenazaba con llamarle, yo me reía para mis adentros. Bueno, quizá no riera, pero seguro que me sonreía porque, ¿cómo era posible que una criatura tan monstruosa viviera en nuestro mundo? Y, si de verdad vivía, ¿cómo era posible que mi madre le conociera tan bien que tuviera el poder de llamarle y hacerle acudir a su lado?

De todos modos, cuando mi madre me hablaba del Diablo Manta, yo sentía un escalofrío y me escocían las raíces del cabello. Pero era porque me gustaba que así fuera. Me gustaba creer que el Diablo Manta vivía en algún lugar ignorado, y que vendría si mi madre lo llamaba. Y me imaginaba que le veía y que podía contar sus ojos y sus dientes, hasta que mi madre me decía, tan pronto le prometía ser bueno, que no llamaría al Diablo Manta porque, a fin de cuentas, no quería que me rompiera los huesos.

De eso que acabo de deciros hace ya mucho tiempo. Ahora, después de haber visto al Diablo Manta y de haber luchado con él durante una noche entera y parte de un día, en las aguas del mar Bermejo, juntamente con Gaspar Ruiz, el Sevillano, me maravilla que en otros tiempos pusiera en duda su existencia.

Pero antes de explicaros aquella lucha mortal que los tres sostuvimos en las tranquilas aguas del mar, antes de deciros todo lo que sé del Diablo Manta, permitidme que os cuente lo de la Perla del Cielo.

2

Ahora, me parece que haya pasado ya mucho tiempo, pero ocurrió el pasado verano, un ardiente día del mes de agosto, en que yo estaba sentado junto a la ventana, contemplando cómo nuestros pescadores de perlas se preparaban para hacerse a la mar.

Mi padre se llamaba Blas Salazar, y durante muchos años fue el más famoso comerciante de perlas de la costa del mar Bermejo. La belleza de las perlas que mi padre arrancaba del mar fue la causa de que su nombre fuese conocido en Guaymas, Mazatlán y Guadalajara, e incluso en la capital de Méjico.

El pasado julio, concretamente el día de mi cumpleaños, mi padre me nombró socio suyo, en su negocio. Celebramos una gran fiesta y vinieron invitados procedentes de la ciudad y de muchos lugares situados a millas y millas de distancia, para comer cerdo asado y tomar chocolate. La parte más bonita de esta fiesta tuvo lugar al principio, cuando mi padre sacó un letrero, que había mantenido oculto hasta aquel momento, y lo clavó en la puerta de nuestras oficinas. En grandes letras doradas, el letrero decía, SALAZAR E HIJO. Y debajo de estas palabras, en letras pequeñas, se leía, *Perlas*.

Mi padre resplandecía de orgullo. Señaló el letrero y me dijo:

—Ramón, mira. Ahora hay dos Salazares dedicados al negocio de las perlas. Ahora venderemos doble número de perlas, y nuestras perlas serán mejores. ¡Estos Salazares venderán sus perlas en todas las ciudades del mundo!

Miré el letrero, desorbité los ojos, y sentí deseos de gritar. Pero en aquel momento, mi padre dijo algo que me hizo sentir como un niño pequeño, y no como un socio de la Casa Salazar. Mi padre dijo:

—Ramón, bájate los puños de la camisa.

Yo no soy canijo, sin embargo sí soy un poco bajo y delgado por la edad que cuento. Tengo las muñecas muy delgadas, por lo que mi padre se avergüenza de ellas. Mi padre es muy corpulento, y no le gusta pensar que su hijo es débil, o que los demás piensen que lo es.

Después, mi padre me llevó al interior de la oficina y me enseñó a abrir la gran caja de caudales de acero. Acto seguido, me mostró las bateas forradas con terciopelo negro, en las que había perlas de todas las formas, tamaños y colores. Mi padre dijo:

—Mañana comenzaré a enseñarte el oficio. Primeramente, te enseñaré a manejar las balanzas con toda exactitud, ya que en las perlas el peso es algo muy importante. Después, te explicaré las diversas formas de las perlas, lo cual también es de gran importancia. Y por fin, te enseñaré a poner una perla a contraluz para poder decir, con sólo echarle una ojeada, si es de excelente calidad, de buena calidad, o de mediana calidad. Y, entonces, cuando seas tan viejo como yo serás el mejor comerciante de perlas de nuestras tierras, y podrás enseñar a tu hijo todo lo que yo te he enseñado a ti.

Aquel día, hace ya cuatro meses, fue el más feliz de mi vida. Sin embargo, no todo fueron dichas. Además del mal momento que me hizo pasar mi padre cuando me dijo: «Ramón, bájate los puños de la camisa», también padecí constantemente cierto temor que me tuvo muy preocupado.

Mientras mi padre me explicaba todo lo que yo tenía que aprender, sentía el temor de que el momento de hacerme a la mar con la flota de mi padre tardara mucho en llegar. Durante muchos años había soñado en el instante en que fuera lo bastante mayor para salir a pescar perlas. Mi padre me solía decir: «Cuando tengas dieciséis años, saldrás conmigo a la mar, y te enseñaré a bucear hasta lo más profundo. Me lo dijo muchas veces, y yo llegué a contar las semanas que me faltaban para cumplir los dieciséis años. Pero ahora, que al fin los tenía, resultaba que no podía aprender a pescar perlas hasta después de haber aprendido muchas otras cosas.

En nuestra oficina hay una pequeña ventana. Esta ventana es tan sólo una estrecha rendija que se abre en las piedras del muro, y que parece antes la ventanuca de un calabozo que una ventana de veras. La hicieron así para que ni siquiera el más flaco de los ladrones pudiera colarse. Sin embargo, al través de esta ventana se ve un hermoso panorama de la playa y de la bahía de La Paz. Además, gracias a esta ventana, los hombres que trabajan en la playa, dedicados a la tarea de abrir ostras, no saben si se les vigila o no, lo cual a veces es muy conveniente.

Aquella mañana, estaba yo sentado ante mi mesa de trabajo, y, al través de la ventana, podía ver las cinco barcas azules que formaban nuestra flotilla, ancladas en la bahía. En la playa había recipientes con agua, rollos de cuerda y provisiones, todo dispuesto para ser cargado a bordo. Mi padre paseaba arriba y abajo, dando prisa a los hombres debido a que quería aprovechar la marea baja para hacerse a la mar.

La marea baja tardaría todavía tres horas, pero en este tiempo pensaba yo examinar todas las perlas que tenía sobre la mesa de trabajo. Tenía aún que mirar y pesar nueve perlas y anotar en el libro de registro los datos obtenidos, por lo que me puse inmediatamente a trabajar.

Bajo la mesa, en un hatillo cuidadosamente formado, tenía la camisa, unos pantalones de algodón y un largo y afilado cuchillo que me había regalado el abuelo para que con él me defendiera de los tiburones. Quería ir de pesca aquel mismo día, caso de que mi padre me lo permitiera, y había tomado la decisión de pedirle permiso, pasara lo que pasase.

La mayor de las perlas tenía el tamaño de la yema de mi dedo pulgar, pero era aplanada y en su superficie presentaba varios granitos que no podían eliminarse. La puse en la balanza y vi que pesaba exactamente treinta y cinco granos [1]. De memoria calculé cuántos quilates representaban aquellos treinta y cinco granos, y apunté en una nueva página del libro registro: *un botón irregular. Sin brillo. Peso, 8,7 quilates*.

La segunda perla tenía forma de pera y superficie lisa. La sostuve a la luz y vi que irradiaba un suave fulgor ambarino, fuera como fuese la postura en que la colocara. La puse en el platillo de la balanza y, después, anoté en el libro registro: *Una, en forma de pera. Ambar. Peso, 3,3 quilates*.

Había puesto la séptima perla en la balanza, y colocado muy cuidadosamente las pequeñas piezas de cobre para equilibrar el fiel, cuando oí los pasos de mi padre, acercándose a la oficina. El sonido me hizo temblar la mano, y de los dedos se me escapó uno de los pesos. Un instante después, se abría la pesada puerta de hierro.

Mi padre era un hombre alto, a quien el sol y la brisa del mar habían dado color de bronce. Mi padre era muy fuerte. En cierta ocasión, le vi coger

[1]   Un grano equivale a 0'06 gramos. (N. del T.)

por el cogote a dos hombres que se peleaban, levantarlos en el aire y golpear la cabeza de uno con la del otro.

Cruzó la estancia, y se acercó allí donde estaba yo, sentado en un alto taburete. Mi padre miró el libro de registro, y dijo:

—Trabajas muy de prisa. Has pesado y valorado seis perlas, desde que he salido de aquí.

Se secó las manos en los faldones de la camisa y cogió una perla de la bandeja. Dijo:

—¿Qué datos de esta perla has anotado?

Contesté:

—Redonda. Regular. Peso, 3,5 quilates.

Mi padre hizo rodar la perla en el cuenco de la mano y, después, la puso a contraluz. Me preguntó:

—¿Y a esta perla la llamas regular? ¡Es una perla digna de un rey!

Le contesté:

—Sí, pero de un rey muy pobre.

Tras cuatro meses de trabajar con mi padre, había aprendido a hablarle con franqueza. Añadí:

—Si la miras con más detención a contraluz, verás que tiene un defecto y que hacia la mitad está oscurecida por una veta de color de barro.

Mi padre hizo rodar la perla en la palma de la mano y me dijo:

—Creo que rascándola con cuidado, se puede eliminar esta imperfección.

—Lo dudo mucho, padre.

Mi padre sonrió, devolvió la perla a la bandeja, y dándome una palmada en el hombro, dijo:

—Yo también lo dudo. Aprendes muy de prisa, Ramón. Pronto sabrás más que yo.

Lancé un suspiro. Aquel era un mal principio para la petición que quería hacer a mi padre. No, no me gustaba nada, pero a pesar de todo tenía que decírselo antes de que se fuese de la oficina. Faltaba menos de una hora para el momento de la marea baja y para la partida de la flotilla. Comencé:

—Papá, hace mucho tiempo me prometiste que cuando tuviera dieciséis años podría salir a navegar contigo, y me enseñarías a pescar perlas. Pues bien, quiero hacerlo hoy.

Mi padre no contestó. Se acercó a la rendija que se abría en el muro y miró fuera. Cogió el catalejo que reposaba en una estantería y se lo puso ante un ojo. Después formó bocina con las manos y gritó al través de la rendija:

—¡Ovando, ya te veo con la espalda apoyada en la borda! ¡Corre, dile a Martín, que está ahí apoyado en el timón, que hay mucho trabajo que hacer y poco tiempo!

Mi padre se quedó mirando por la rendija, hasta que vio que Ovando había cumplido sus órdenes. Entonces dijo:

—Si te haces a la mar conmigo, entonces resultará que todos los varones de la familia Salazar navegarán al mismo tiempo. ¿Y qué pasaría si se levantara una tormenta y los dos nos ahogáramos? Pues te lo voy a decir. Esto sería el fin de «Salazar e Hijo». Es decir, sería el fin de este negocio por el cual he trabajado tanto toda mi vida.

Le contesté:

—El mar está en calma, papá.

—Estas palabras demuestran que eres hombre de tierra. Ahora el mar está en calma, pero ¿cómo estará mañana? Mañana puede levantarse una tormenta en menos que canta un gallo.

—Todavía falta una semana o dos para que vengan los vientos fuertes.

—¿Y los tiburones? ¿Y los pulpos que pueden retorcerte el pescuezo, igual que tu retorcerías el cuello de un pollo? ¿Y los peces manta gigantescos, que por docenas infestan este mar, cada uno de los cuales es tan grande como cualquiera de nuestras barcas y pesa el doble? ¿Es que esto carece de importancia?

—Tengo el cuchillo que me dio el abuelo.

Mi padre rió y sus carcajadas resonaron en la habitación con la fuerza del mugido de un toro. Con acento burlón me preguntó:

—¿Es muy afilado tu cuchillo, verdad?

—Sí, papá.

—Pues, entonces, a lo sumo conseguirías cortar uno de los ocho brazos del pulpo, instantes antes de que te abrazara con los siete que le quedarían, y te ahogara.

Lancé otro suspiro y esgrimí mi mejor argumento:

—Si me permites ir, papá, me quedaré en cubierta, mientras los demás bucean. Me encargaré de sacar el cesto y de cuidar las cuerdas.

Observé que el rostro de mi padre comenzaba a

adquirir expresión menos dura. Tan de prisa como pude, dije, a fin de aprovechar la ventaja adquirida:

—Puedo sustituir al Goleta. A las doce ha venido la mujer del Goleta para decir que su marido está enfermo, y que hoy no puede salir a la mar. Olvidé decírtelo, te ruego me disculpes.

Mi padre se acercó a la puerta de hierro y la abrió. Alzó la vista al cielo y luego la dirigió a las relucientes hojas de los laureles, que permanecían inmóviles en el aire. Cerró la puerta, puso la bandeja con las perlas en la caja de caudales, y la cerró. Dijo:

—Vamos.

Rápidamente cogí el hatillo y, en silencio, salimos a la calle, y ascendimos por el sinuoso sendero que conducía a la iglesia que se alzaba en lo alto de la colina. Mi padre siempre iba a la iglesia, antes de hacerse a la mar, para pedir protección a la Virgen Santísima, contra los peligros de la navegación. Y cuando la flota regresaba a puerto, lo primero que hacía mi padre era dirigirse corriendo a la iglesia para agradecer su retorno sano y salvo.

La iglesia estaba desierta, pero encontramos al padre Gallardo, quien estaba haciendo la siesta. Mientras el padre Gallardo se encontraba en pie al lado de la Virgen, con la mano levantada para bendecirnos, nosotros permanecíamos arrodillados y con la cabeza inclinada. El padre Gallardo dijo:

—Te pido protejas a estos hombres, que les

des buenos vientos y buena mar, que les guardes de los peligros de las aguas profundas, que su actividad sea fructífera en todos los aspectos, y que regresen sanos y salvos.

Cuando el padre Gallardo terminaba su bendición, levanté la vista a la imagen de la Virgen. Estaba serena en su hornacina, adornada con conchas, e iba vestida de terciopelo blanco. Tenía rostro de niña, pero en realidad era una mujer joven, ni india ni española, con anchas mejillas indias, de dorado matiz moreno, y ojos como los de las mujeres de Castilla, grandes y almendrados.

Siempre había querido mucho a la Virgen, pero jamás la quise tanto como en aquel momento. Todavía tenía la mirada fija en ella, cuando mi padre me pellizcó un hombro, y con un movimiento de la cabeza me indicó que debíamos salir ya.

Fuera, nos quedamos quietos durante unos instantes, junto a los laureles. Mi padre dijo:

—Veo que llevas el hatillo bajo el brazo, esto quiere decir que seguramente le has dicho a tu madre que pensabas salir con nosotros, cuando te has ido de casa a primera hora de la mañana.

—Nada le he dicho. Pero ahora iré y se lo diré.

—No. Ya mandaré a alguien con el recado. Ir ahora significará una pérdida de tiempo y ya comienza a ser tarde. Además, habría lágrimas y lamentos, lo cual siempre es mal presagio para salir a la mar.

Llamó a un muchacho que nos estaba observando a distancia, y le encargó que diera el recado a

23

mi madre. Luego, descendimos por la colina hacia la playa. El sol ya estaba bajo, pero yo podía percibir con mucha claridad las elegantes siluetas de nuestras barcas azules ancladas. A la luz mortecina, las barcas parecían de plata, como peces vivos que flotaran en la superficie del agua. Más allá de las barcas, la bahía se prolongaba a lo largo de leguas y leguas para terminar en los dos cabos más avanzados, más allá de los cuales se extendía el mar abierto, del que surgía, al frente, la isla de Espíritu Santo.

De buena gana hubiera preguntado a mi padre muchas cosas que quería saber. Pero mientras descendíamos por la colina, estaba yo tan excitado que no se me ocurría nada.

3

Nuestra flotilla estaba compuesta de cinco barcas. Todas eran anchas y tenían unos veinte pies de eslora, con la proa alta, la popa como la de una canoa, y estaban provistas de una pequeña vela cuadrada. Habían sido construidas en la playa de nuestra ciudad, pero su madera procedía de los bosques de caobos de Mazatlán. Todas tenían nombre de santo, y estaban pintadas de azul, de aquel azul que tiene el mar allí donde sus aguas son profundas.

En cada barca iba una tripulación de cuatro o cinco hombres. En la nuestra, la «Santa Teresa», además de mi padre y yo, iban un indio y un joven llamado Gaspar Ruiz.

Este Ruiz había llegado a nuestra ciudad hacía cosa de un mes, procedente de Sevilla, España, o al menos eso decía él, por lo que le llamábamos el Sevillano.

Era alto y de hombros anchos y tan fuertes que causaban la impresión de ser de acero y no de carne. Su cabello, que era de color dorado, tenía tal espesura que formaba como un casco alrededor de su cabeza. Tenía los ojos azules, tan azules y tan bonitos que cualquier muchacha se los hubiera envidiado. Y también su rostro era hermoso, si se olvidaba que en sus labios había siempre la sombra de una sonrisa de desprecio.

En toda la costa del mar Bermejo no había mejor pescador de perlas que Gaspar Ruiz. Algunos pescadores de perlas eran capaces de permanecer bajo el agua durante más de dos minutos, pero para el Sevillano, bucear durante tres minutos era cosa fácil. Y en cierta ocasión, en que tuvo que hurtarse a la vista de un gran tiburón gris, estuvo sumergido cuatro minutos, y salió riendo.

El Sevillano era muy fanfarrón, y siempre alardeaba de las cosas que había hecho en España y en muchos otros lugares. Y no sólo presumía de ellas, sino que muchas se las había hecho tatuar en el cuerpo. Tenía un tatuaje, en tintas rojas, verdes y negras, en el que Gaspar Ruiz luchaba con un pulpo de doce tentáculos. En otro tatuaje se le veía hundiendo una larga espada en el cuerpo de un toro. Y había otro en el que Gaspar Ruiz, sin otras armas que sus manos, estrangulaba a un puma.

Llevaba estas escenas tatuadas en los hombros, los brazos e incluso las piernas, de tal manera que Gaspar Ruiz parecía una pinacoteca andante.

Poco tiempo de navegación llevábamos aquella noche, cuando el Sevillano comenzó a hablar de sí mismo. Estaba sentado en el suelo, y con la espalda apoyada en el mástil, cuando nos contó una larga historia según la cual había pescado, buceando en el golfo de Persia, una perla grande como un huevo de gallina. Mi padre le preguntó:

—¿Y qué hiciste con ella?

—Se la vendí al Sha.

—¿Te dio mucho dinero?

El Sevillano repuso:

—Mucho, tanto que me compré una flota de barcas para pescar perlas, y esta flota era mucho más grande que la de usted. Ahora, sería un hombre rico, si una tormenta no hubiese hundido mis barcas.

El Sevillano nos contó la tormenta que, a juzgar por sus palabras, fue la mayor que se haya levantado en todo el mundo, y también nos contó cómo consiguió salvar su vida y la de los hombres de la tripulación.

Antes de que yo llegara a ser socio de mi padre, solía ver al Sevillano en la playa, y a veces en la plaza, cuando las barcas se disponían a salir, o poco después de que hubiesen llegado. El Sevillano siempre tenía a su alrededor un grupo de hombres que escuchaban sus historias, pero yo no podía evitar la impresión de que el Sevillano dirigía sus palabras principalmente a mí. Una vez le hice unas cuantas preguntas, bromeando, acerca de una de estas historias, que forzosamente tenía que ser mentira. El Sevillano me miró, oprimió los dientes con rabia, y me dijo:

—¿No me crees?

Y antes de que pudiera contestarle, añadió:

—Eres hijo de un hombre rico, vives en una

casa grande, comes buena comida, y en tu vida has hecho muy pocas cosas. Y pocas más harás en los años que te quedan.

La sorpresa me dejó mudo. El Sevillano me miró durante unos instantes, avanzó un paso hacia mí, y, bajando la voz, me dijo:

—Tu padre es un hombre rico. Mi padre era un hombre pobre cuyo nombre no he llegado a saber. Desde que aprendí a andar he trabajado, he hecho muchas cosas en mi vida y no miento cuando las cuento. En consecuencia, mide tus palabras, compañero.

Murmuré una frase de disculpa y me fui de allá, pero cuando el Sevillano pensaba que yo no podía oírle, dijo a sus amigos:

—¿Os habéis fijado en este que acaba de irse? ¿Os habéis fijado en este cabello rojo y en punta, como la cresta de un gallo? Bueno, pues esto indica que es africano. Lleva sangre infiel, de moros y bereberes.

Poco me faltó para dar media vuelta y enfrentarme con el Sevillano. Era mayor que yo y más fuerte, y llevaba un cuchillo en el cinturón. Sin embargo, no fue esto lo que me contuvo. Sabía muy bien que mi padre consideraría que el hecho de comenzar yo una pelea en un lugar público, fuese cual fuere la causa, constituiría una mancha para el buen nombre de los Salazar. Por esto, me tragué el orgullo y seguí adelante, como si nada hubiese oído.

No dije a mi padre ni media palabra de este

encuentro, y, luego, cuando volví a ver al Sevillano, tampoco me referí al incidente. Me comporté como si no recordara lo que el Sevillano me había dicho, ni lo que yo había oído desde lejos. Y cuando me convertí en socio de la firma de mi padre y el Sevillano acudía a la oficina para cobrar, tampoco me portaba de forma distinta. Sin embargo, yo no había olvidado el incidente, y tengo la certeza de que el Sevillano tampoco.

Aquella noche, mientras salíamos de la bahía y el Sevillano nos contaba la larga historia de la tormenta y de su salvamento de toda la tripulación de la flotilla de pescadores de perlas, tuve la impresión de que el Sevillano hablaba principalmente para mí. Pensé que intentaba incitarme a decir algo parecido a lo que le dije en la otra ocasión, a fin de poder colocarme en una situación desairada en presencia de mi padre. Por esto, me limité a escuchar en silencio.

Al alba, alcanzamos la zona perlífera, y anclamos las cinco barcas, agrupadas, junto al acantilado en el que vivían las ostras.

Para mí, todo era nuevo. Había oído muchas historias acerca de los lugares en que se encuentran las ostras perlíferas, desde la edad en que comencé a comprender las palabras de los demás. Eran historias que me contaban mi padre, mi abuelo y mis amigos, hijos de pescadores de perlas. Sin embargo encontrarme verdaderamente allí, en el mar, mientras el sol se alzaba en el horizonte e iluminaba la neblina cobriza, y contemplar cómo los pescadores saltaban de las barcas al agua transparente cual aire, me parecía un sueño convertido en realidad.

Mi padre me enseñó a tirar de la cuerda para subir a bordo el cesto repleto de ostras, y a apilarlas en el interior de la barca. Luego, mi padre cogió la piedra que se utilizaba para sumergirse, se la colocó en la palma de una mano, enrolló cuidadosamente la cuerda a uno de cuyos extremos iba atada la piedra, en tanto que el otro extremo quedaba sujeto a la barca, cogió el cesto y su cuerda, y saltó por la borda. Con la pesada piedra en la mano, mi padre se hundió hasta el fondo.

Al través del agua clara, vi cómo mi padre abandonaba la piedra, sacaba el gran cuchillo que llevaba en el cinturón y comenzaba a arrancar las ostras de las rocas. Cuando el cesto estuvo lleno, mi padre dio un tirón a la cuerda que lo sostenía, y yo lo icé. Instantes después, mi padre comenzaba a ascender dejando tras sí un rastro de burbujas que le salían de la boca, mientras yo comenzaba a amontonar las ostras tal como me había dicho, y extraía del agua la piedra, a fin de que estuviera dispuesta para el próximo salto.

El Sevillano se había hundido antes que mi padre, y todavía se encontraba bajo el agua, cuando éste volvió a saltar. En el momento en que el Sevillano salió a la superficie y se agarró a la borda, me miró y dijo:

—¿Cómo va el trabajo?

—Bien, estoy aprendiendo.

—No hay mucho que aprender, compañero. Lo único que tienes que hacer es apilar las ostras, sacar la piedra y el cesto, y esperar el momento de volverlo a hacer. Es un trabajo de niños.

El Sevillano había hablado con acento suave, y sin dejar de sonreír, pero yo sabía muy bien lo que pretendía. Le contesté:

—Me parece más divertido bucear.

—Es más divertido, sí, pero también es más peligroso.

Señaló el brazo que apoyaba en la borda. Desde el hombro hasta la muñeca estaba marcado por una cicatriz dentada, igual que si hubiese sacado el brazo, tirando de él, de la presa de un cepo de acero. El Sevillano dijo:

—Me lo hizo una concha gigante, de esas que aquí se llaman «burros». Metí la mano en un hueco de la roca, y el hueco se cerró. Aquello no era un hueco sino la boca de un «burro», de un «burro» tan grande que parecía el padre de todos los «burros». Aquel señor «burro» me tuvo cogido largo rato, pero como puedes ver no le dejé que se quedase con mi brazo. Esto me ocurrió en el Golfo, sin embargo, aquí, en el mar Bermejo hay muchos «burros».

Volvió a mirarme y a sonreír, y concluyó:

—Compañero, es mucho mejor que te quedes en la barca.

El indio que trabajaba en equipo con el Sevillano le dio la piedra, y éste volvió a sumergirse sin decir más. Aquella mañana, no volvió a hablarme. Al mediodía, la «Santa Teresa» estaba repleta de ostras, y con la línea de flotación bajo el nivel del agua, debido a que el Sevillano trabajaba más que tres hombres juntos. Por esto, mi padre le mandó a que ayudara a los pescadores de otras barcas.

De vez en cuando, por la tarde, cuando el Sevillano salía a la superficie para respirar, me decía a gritos:

—¡ Cuidado, compañero, no sea que se te enrede un pie en la cuerda!

O bien:

—¡ Abundan los tiburones, señor Salazar, procure no caer al agua!

Durante casi toda la tarde, no dejó de dirigirme frases como éstas. Mi padre también las oía, pese a que el Sevillano procuraba hablarme cuando creía que mi padre no le escuchaba. Mi padre dijo:

—Es un pendenciero, pero no te preocupes; déjale que hable. ¿Qué te importa lo que diga? Recuerda que es el mejor pescador de perlas que tenemos, y que estamos aquí para pescar perlas, y nada más.

Al ocaso, las barcas estaban todas repletas de ostras, y pusimos proa a La Paz. Salió la luna y una brisa ágil hinchó las velas. El Sevillano estaba de buen humor, pletórico de fuerzas, como si no hubiese buceado infinidad de veces en todo el día. Se sentó en lo alto de la pila de ostras y nos contó una vez más cómo encontró aquella gran perla en el golfo de Persia. Era la misma historia que había contado antes, pero esta vez resultó más larga. De nuevo tuve la impresión de que la contaba antes para mí que para los demás.

Mientras le escuchaba, una fantasía comenzó a tomar forma en mi mente. Era como un sueño loco que me hacía olvidar los insultos que había sufrido en silencio. En este sueño, me veía a mí mismo a bordo de una embarcación anclada en una secreta ensenada de la costa del mar Bermejo. Me ponía un cuchillo en el cinturón, cogía el cesto y la pesada piedra, y me sumergía hasta el fondo. Lentamente, formando círculos, a mi alrededor nadaban los tiburones, sin que yo les prestase la menor atención. Una tras otra, arrancaba las ostras pegadas a las rocas y llenaba el cesto. Tras permanecer bajo el agua durante tres o cuatro minutos, ascendía a la superficie pasando junto a los tiburones, trepaba a la barca y extraía el cesto. Luego, abría las ostras una tras otra. Nada encontraba. Al fin, quedaba tan solo una ostra cerrada. Desanimado, la abría, y me disponía ya a devolverla al mar cuando veía una perla más grande que un puño, que resplandecía como si tuviera una hoguera en su centro...

En aquel preciso instante, cuando iba a cerrar los dedos sobre la perla, el Sevillano calló. Bruscamente, se puso en pie sobre un montón de ostras, y señaló a babor, allí donde la luna trazaba un sendero de luz sobre el mar. El Sevillano gritó:

—¡El Diablo Manta!

Me puse en pie de un salto. Al principio, nada

vi. Entonces, una ola alzó la barca y divisé una forma plateada que nadaba parcialmente fuera del agua, a unos doscientos metros de distancia.

En verdad debo decir que, pese a su gran belleza, la manta constituye una temible visión para cuantos navegan en el mar Bermejo. Hay mantas pequeñas que, incluso cuando llegan a su pleno desarrollo, tienen una anchura, desde la punta de un ala a la punta de la otra, que apenas rebasa los dos metros. Pero hay otras mantas que miden el doble y que pesan casi tres toneladas.

Las dos clases de mantas tienen una forma muy parecida a la del murciélago y nadan mediante un movimiento regular, de arriba abajo y de abajo arriba de sus alas. Ambas clases de mantas tienen una boca tan grande que un hombre puede meter fácilmente la cabeza en ella. A uno y otro lado de la boca, las mantas tienen unos tentáculos parecidos a brazos, que utilizan para coger su presa.

Aunque parezca sorprendente, las mantas no se alimentan con los bancos de peces que tanto abundan en nuestra mar, sino con gambas, cangrejos y otros animales pequeños. Casi todas las mantas van acompañadas de un pez piloto que nada bajo su cuerpo. Estos peces entran y salen de la boca de la manta, según se dice, y limpian de restos de comida los dientes aplanados.

Sin embargo, pese a sus pacíficas costumbres, el pez manta es un animal temible. Cuando un insulto dicho en un momento de descuido provoca la ira de la manta, ésta puede romper el cráneo de un hombre, con un solo latigazo de su larga cola, o puede alzar una de sus alas y hundir la más fuerte embarcación.

El Sevillano volvió a gritar:

—¡ El Diablo Manta!

El indio se puso en pie rápidamente para ir a acurrucarse en el fondo de la barca, mientras murmuraba palabras para sí. Mi padre dijo:

—No, no es el Diablo. He visto al Diablo Manta y es dos veces más grande que este pez.

El Sevillano dijo:

—Venga aquí, que le verá mejor. Es el Diablo Manta. Le conozco muy bien.

Tenía yo la certeza de que el Sevillano quería asustar al indio, y me di cuenta de que también mi padre lo había comprendido así porque fijó el timón y se subió al montón de ostras para colocarse junto al Sevillano. Escrutó el mar a babor y regresó al timón. Con voz lo bastante alta para que el indio le oyera, mi padre dijo:

—No, ni siquiera puede ser la hermana pequeña del Diablo Manta.

El indio dejó de murmurar, pero se veía que aún tenía miedo. Mientras yo contemplaba la manta que nadaba tras nuestra barca, con las vastas alas plateadas extendidas, recordé que en otros tiempos también tenía miedo con sólo oír pronunciar su nombre.

Por fin, la manta desapareció y nosotros doblamos El Magote, o sea, el cabo en forma de lengua de lagarto que protege nuestra bahía. Poco después echábamos el ancla. Mientras caminábamos hacia casa, a la luz de la luna, mi padre dijo:

—En cuanto al Sevillano, permite que te repita lo que te he dicho antes. Trátale con cortesía. Escucha sus historias igual que si las creyeses, porque es un hombre muy peligroso. La semana pasada, me enteré, por boca de un amigo que vive en Culiacán, que el Sevillano es de allí. Supe que jamás ha estado en Sevilla, ni en parte alguna de España, ni en el golfo Pérsico, ni en sitio alguno salvo en las costas del mar Bermejo. También supe que ha tenido muchas peleas en Culiacán, y que una de ellas fue de fatales consecuencias.

Prometí obedecer, pero mientras nos acercábamos a casa volví a pensar en aquel sueño, en el que yo encontraba una gran perla y volví a imaginar la sorpresa del Sevillano en el momento de verla.

4

Cuatro días después, estaba yo ante mi mesa de trabajo, con la pluma tras la oreja y el libro registro encuadernado en piel, ante mí. Contemplaba la canoa que en aquellos momentos rebasaba el cabo en forma de lengua de lagarto. La canoa era roja y avanzaba muy de prisa, por lo que inmediatamente supe que era la del indio Soto Luzón.

Me alegró ver al viejo Luzón. Durante muchos años el indio Soto Luzón había vendido perlas a mi padre. Venía una vez cada tres meses, más o menos, y solamente traía una perla. Pero ésta era siempre de excelente calidad. Poco después de que yo comenzara a trabajar con mi padre, el indio Luzón trajo una hermosa perla de más de dos quilates.

Mientras observaba cómo Luzón dejaba la barca en la playa y avanzaba por el sendero, yo no deseaba más que trajera una perla como la anterior, debido a que en nuestra última salida la pesca fue migrada. De las ostras que llenaban las cinco barcas no conseguimos ni una sola perla esférica o en forma de pera, sino tan sólo un puñado de botones y perlas aplanadas, todas ellas sin oriente.

Al oír el tímido golpe que el indio Luzón dio a la puerta de la oficina, abrí y le invité a pasar y sentarse. Luzón dijo:

—He navegado durante toda la noche, así es que, si no le molesta, prefiero permanecer de pie.

Luzón nunca se sentaba. Tenía flacas piernas de indio, pero un pecho muy ancho y unos brazos gruesos que le permitían remar durante horas y horas sin cansarse jamás. Dijo:

—He pasado junto a sus barcas esta mañana. Estaban cerca de Maldonado.

—Sí, se dirigen a la isla de Cerralvo.

El viejo me dirigió una astuta mirada:

—¿Es que la pesca no es buena por estos contornos?

Repuse:

—Sí, es buena.

Aquel hombre había venido para vender una perla, por lo que no era prudente decirle que la pesca era mala. Añadí:

—Muy buena.

—Entonces, señor, ¿por qué van las barcas a Cerralvo?

—Porque mi padre quiere perlas negras.

El viejo se metió la mano bajo la camisa, extrajo un harapo anudado, lo desanudó, y dijo:

—Pues aquí tiene una perla negra.

Tan sólo mirarla advertí que aquella perla era esférica y de excelente calidad, igual que la perla que me había traído tres meses atrás. La coloqué en un platillo de la balanza, y en el otro platillo puse las pequeñas piezas de cobre, hasta equilibrar el fiel. Dije:

—Dos quilates y medio.

Mi padre jamás regateaba con Luzón y siempre le daba el precio justo. Me había recomendado que yo hiciera lo mismo. Por esta razón el viejo indio vendía siempre sus perlas a «Salazar e Hijo», pese a que en nuestra ciudad había otros cuatro comerciantes en perlas. Dije:

—Doscientos pesos.

Esta suma superaba en unos cincuenta pesos la que mi padre hubiese ofrecido, pero en mi mente iba formándose un plan para cuya ejecución necesitaba la ayuda del viejo. Conté el dinero, el indio Luzón lo guardó bajo la camisa, mientras probablemente se decía a sí mismo que yo era mucho menos listo que mi padre. Le dije:

—Siempre trae buenas perlas. Perlas negras. Seguramente hay muchas en su ensenada. Si me lo permite, iré allí y bucearé en busca de estas perlas. Sin embargo, le pagaré todas las perlas que saque.

El viejo me dirigió una intrigada mirada, y me dijo:

—Pero usted no es pescador de perlas...

—Usted puede enseñarme a pescarlas, señor.

—Mil veces he oído decir a su padre, incluso cuando usted era niño, que no le educaba para ahogarse en el mar o para dar un brazo o una pierna a una concha gigante.

Le dije:

—Mi padre navega hacia Cerralvo y no volverá en una semana por lo menos.

—¿Y qué dirán su madre y su hermana?

—Nada dirán porque hoy salen para Loreto.

Hice una pausa y añadí:

—Usted me enseñará a bucear y yo buscaré una gran perla, la más grande de todas las perlas y cuando la encuentre le pagaré su valor.

—He buscado esta gran perla durante muchos años, ¿cómo encontrarla en una semana tan sólo?

—Se puede encontrar buceando una sola vez.

El viejo se acarició la barbilla cubierta de ralo pelo. Yo sabía que pensaba en su mujer, en sus dos hijas solteras, en sus tres chicos, en todas aquellas bocas que tenía que alimentar todos los días. El viejo dijo:

—¿Cuándo quiere partir?

—Ahora.

Luzón se subió los harapientos pantalones:

—Primero tengo que comprar un saco de fríjoles y otro de harina. Inmediatamente después podemos irnos.

El viejo salió de la oficina y yo guardé las perlas en la caja de caudales. Cogí el hatillo con los pantalones, una camisa y el cuchillo que tenía debajo de la mesa. Salí de la oficina y cerré la puerta con llave. Mientras descendía hacia la playa, pensaba en la gran perla en la que había soñado mientras el Sevillano fanfarroneaba. Pensaba en la gran sorpresa que se llevaría cuando, al regresar de Cerralvo, encontrase a toda la población de **La Paz**

42

hablando sin cesar de la monstruosa perla pesca-
da por Ramón Salazar.

Era un sueño tan loco que tan sólo un hombre
muy joven y muy tonto podía tenerlo. Sin embargo, tal como algunas veces sucede, aquel sueño se
convirtió en realidad.

5

La ensenada en que vivía el viejo indio se hallaba a unas siete leguas de La Paz, y hubiéramos debido llegar a ella a la medianoche. Sin embargo, las corrientes y el viento nos eran contrarios, por lo que faltaba poco para el alba en el momento en que divisamos las dos puntas que señalan la oculta entrada a la ensenada.

Se podía pasar infinitas veces ante esta entrada, y pensar que era tan sólo una brecha en las rocas, que a ninguna parte conducía. Sin embargo apenas se adentraba uno, se encontraba ante un estrecho canal que serpenteando como una culebra por entre los acantilados, avanzaba más de media milla.

El sol comenzaba a apuntar en el momento en que ante nosotros el canal se ensanchó, llevándonos bruscamente a una ensenada en forma de óvalo, con las aguas en absoluta quietud. A uno y a otro lado de la ensenada, junto al agua, se alzaban colinas de escarpada falda. Y al frente se veía una playa de arena negra. Más allá de la playa se divisaban dos raquíticos árboles, y a su alrededor un grupo de cabañas de las que salía el humo del fuego en que se guisaban los desayunos.

Era una escena de paz y tranquilidad, cual las que suelen ofrecer las muchas ensenadas que se abren en nuestra costa. Sin embargo, en aquel lugar había algo que me inquietaba. Al principio, pensé que la causa de mi inquietud serían las yermas colinas que se cernían sobre la ensenada, la cobriza niebla que lo cubría todo, la playa de negra arena y el silencio. Pero pronto me enteré de que se debía a algo distinto, a algo muy diferente de lo que había creído.

El viejo remaba muy despacio para cruzar las aguas de la ensenada, y levantaba y bajaba el remo muy cuidadosamente, como si temiera alterar el agua. Pese a que había charlado casi sin cesar, al llegar a la ensenada guardó silencio. Un tiburón gris nadó en círculo alrededor de la canoa y desapareció. Con un movimiento de la cabeza, el viejo me hizo advertir la presencia del tiburón, pero nada dijo.

No habló hasta el momento en que, tras dejar la canoa en la playa, avanzábamos por el sendero camino de las cabañas. Entonces, dijo:

—Es mejor contener la lengua y no hablar innecesariamente, cuando se navega por la ensenada. Recuérdelo cuando llegue el momento de bucear, ya que aquí hay un ser que todo lo escucha y que se enoja fácilmente.

Los indios tienen supersticiones relacionadas

con la luna, el sol, los pájaros y ciertos animales, muy en especial el coyote y la lechuza. Por esta razón, no me sorprendió la advertencia del viejo indio. Le pregunté:

—¿Y quién es este ser que escucha y se enoja?

Miró dos veces por encima del hombro, antes de contestar:

—El Diablo Manta.

Conteniendo una sonrisa, le pregunté:

—¿El Diablo? ¿Vive aquí? ¿En su ensenada?

Contestó:

—En la cueva, en la cueva grande que habrá podido usted ver al salir del canal.

—El canal es muy estrecho. Apenas permite el paso de una canoa. ¿Cómo se las arregla un gigante como el Diablo para cruzar el canal a nado? Claro que quizá no tiene ninguna necesidad de hacerlo, que quizá no salga jamás de su ensenada.

El viejo dijo:

—No. Viaja mucho, y a veces ha pasado semanas enteras fuera.

—Entonces, forzosamente ha de salir por el canal.

—No, esto sería imposible, incluso para él. Hay otra abertura, secreta, cerca del lugar por el que se penetra en el canal. Cuando sale a la mar, el Diablo se sirve de esta abertura.

Nos acercábamos a las cabañas que apiñadas se alzaban junto a los dos árboles. Una bandada de chiquillos corrió hacia nosotros para darnos la bienvenida, y el viejo no volvió a hablar del diablo

46

hasta que volvimos a encontrarnos en la ensenada, después de desayunar, de pasar la mañana durmiendo y de volver a comer.

Cuando en la canoa nos dirigíamos hacia las rocas en que se encontraban las ostras perlíferas, el viejo dijo:

—Cuando la niebla se va, el Diablo también se va.

La niebla rojiza se había levantado, y, ahora, el agua clara y verde emitía destellos. Todavía sonreía para mis adentros ante la fe que el viejo tenía en la existencia del Diablo, pero no dejaba de sentir cierta excitación, parecida a la que experimentaba cuando mi madre me amenazaba con llamar al monstruo. Dije:

—Ahora que se ha ido, podemos hablar.

Luzón replicó:

—Poco y con mucho cuidado. El Diablo tiene muchos amigos en la ensenada.

—¿Amigos?

—Sí. El tiburón que ha visto esta mañana y muchos peces pequeños son amigos suyos. Escuchan, y, cuando el diablo regresa, se lo cuentan todo, todo.

—Y cuando abandona la ensenada, ¿a dónde va?

—No lo sé. Algunos dicen que toma la forma de pulpo y que va en busca de aquellos pescadores de perlas que se han portado mal con él o que han hablado mal de él. También se dice que toma la forma de un ser humano, se va a La Paz y busca a sus enemigos en las calles de la ciudad, e incluso en la iglesia.

—¿Y cómo es que no tiene usted miedo, viviendo en la ensenada?

—No, yo no temo al Diablo. Tampoco mi padre le temía, ni el padre de mi padre. Hace muchos años firmaron un pacto con el Diablo Manta, y yo cumplo este pacto. Le doy muestras de respeto, y me quito el sombrero siempre que entro y salgo de la ensenada. A cambio de esto, el Diablo Manta me permite pescar estas perlas negras, que son suyas y que ahora vamos a buscar.

En silencio, el viejo dirigió la canoa hacia la playa sur de la ensenada, y yo no le hice más preguntas porque pensé que el viejo ya había dicho todo lo que quería decir acerca del Diablo Manta. Cuando llegamos junto a un acantilado de rocas negras el viejo echó el ancla y me dijo que yo hiciese lo mismo. Luego me anunció:

—Y ahora le enseñaré a bucear. Comenzaremos con la respiración.

El viejo levantó los hombros y comenzó a inhalar grandes bocanadas de aire, una tras otra hasta que su pecho adquirió un volumen dos veces superior al normal. A continuación, dejó salir el aire en un gran suspiro. Dijo:

—A eso se le llama «tomar viento». Es muy importante y debe aprender a hacerlo.

Le obedecí, pero llené los pulmones en una sola inhalación. El viejo me dijo:

—Más.

Inhalé otra bocanada. El viejo me dijo:

—Más.

Intenté inhalar más aire, pero comencé a toser. El viejo dijo:

—Por ser la primera vez, lo ha hecho bien. Sin embargo, debe practicar mucho este ejercicio, para ensancharse los pulmones. Y, ahora, vamos a sumergirnos los dos juntos.

Los dos llenamos de aire nuestros pulmones y nos deslizamos por la borda de la canoa, penetrando de pies en el agua, cada uno provisto con su correspondiente piedra. El agua estaba caliente como la leche, pero tan clara que podía ver las sinuosas líneas de la arena del fondo, las negras rocas y los peces que iban de un lado para otro.

Cuando llegamos al fondo, el viejo deslizó un pie dentro del ancho nudo que formaba la cuerda a uno de cuyos extremos iba atada la piedra, y yo hice lo mismo. El viejo me puso la mano sobre un hombro y avanzó dos pasos hacia una cavidad que se abría en la roca cubierta de móviles algas. Se sacó el cuchillo del cinturón y lo introdujo en la cavidad. En un movimiento instantáneo, la cavidad se cerró. No se cerró lentamente sino de prisa, y produciendo un seco sonido. El viejo tiró del cuchillo, liberándolo de la presa, sacó el pie del nudo, me indicó con un movimiento que hiciera lo mismo y los dos subimos a la superficie.

El viejo puso el cuchillo ante mi vista, y dijo:

—Fíjese en las marcas que deja la concha de un «burro». En la mano o en el pie produce efectos mayores todavía. Una vez el «burro» le coge a uno ya no le suelta y la víctima muere ahogada. Tenga mucho cuidado en vigilar donde pone el pie y donde mete la mano.

Buceamos hasta el ocaso. El viejo me enseñó a caminar con cuidado por el fondo, de manera que el agua no se enturbiara, y a utilizar el cuchillo a fin de arrancar las ostras, y a abrirlas y a buscar las perlas en su interior.

Aquella tarde llenamos muchas cestas con ostras, pero nada encontramos como no fuera unos cuantos botones carentes de valor. Y lo mismo ocurrió el día siguiente, y el siguiente, hasta que el cuarto día fui solo a la laguna, debido a que el viejo se había hecho un corte en la mano con una concha.

Este fue el día en que encontré la gran Perla del Cielo.

Una roja neblina cubría el agua en el momento en que puse a flote la canoa y comencé a remar hacia la cueva en la que, según me había dicho el viejo, vivía el Diablo Manta. Era el cuarto día de mi estancia en la ensenada.

El sol se hallaba ya en lo alto, pero la niebla tenía tal densidad que me costó encontrar el canal. Después de haber conseguido penetrar en él, pasé casi una hora dedicado a buscar la cueva. Estaba oculta por una roca picuda, orientada hacia levante, y la abertura tendría unos treinta pies de anchura, con una altura aproximadamente equivalente a la de un hombre de aventajada estatura, con el borde superior curvado hacia arriba, como un labio humano. La roja niebla me impedía ver el interior de la cueva, por lo que me dediqué a remar hacia delante y hacia atrás, en espera de que el sol calentara más y disipara la niebla.

La noche anterior, hablé con el viejo acerca de la cueva. Habíamos ya cenado, las mujeres y los niños se habían acostado y los dos nos hallábamos sentados junto a una hoguera. Le dije:

—Parece que ha pescado usted en todos los lugares de la ensenada, menos en la cueva.

—Así es. Y tampoco mi padre y mi abuelo pescaron en la cueva.

—Es posible que haya perlas muy grandes, allí.

El viejo no contestó. Se puso en pie, echó leña al fuego y volvió a sentarse. Entonces, le dije:

—Quizá la gran perla, la Perla del Cielo, esté allí.

Tampoco contestó, pero, de repente, me miró por encima del fuego. Fue una rápida mirada, pero de expresión tan clara que era igual que si me hubiera dicho: «No puedo ir a pescar perlas en la cueva. No puedo ir porque temo al Diablo Manta. Si quieres ir tú, tendrás que ir solo. No quiero que el Diablo me culpe».

Y, aquella mañana, cuando bajé a la playa, el viejo no me acompañó. Me dijo:

—La herida de la mano me duele mucho, así es que me quedaré aquí.

Y me dirigió una mirada idéntica a la que me había dirigido la noche anterior.

Por fin, hacia media mañana, el sol disipó la niebla, y pude ver un corto trecho del interior de la cueva. Avancé en la canoa y pronto me encontré en una cavidad con el techo abovedado. Era como una habitación de paredes negras y lisas, a las que la luz que penetraba por la boca de la cueva daba destellos.

Cerca de la boca de la cueva, el agua era muy clara. Cogí el cesto y la piedra, inhalé aire profundamente y me deslicé por el costado de la canoa, procurando recordar las enseñanzas que el viejo me había dado.

No tardé en llegar al fondo. Puse el pie en el nudo de la cuerda y esperé a que desaparecieran las burbujas que con mi buceo había provocado, de modo que pudiera ver el conglomerado de ostras que había divisado desde arriba. Lo tenía a unos cinco pies, cerca de la boca de la cueva. Cuidadosamente, anduve sobre la arena, tal como el viejo me había enseñado.

Allí encontré las ostras más grandes que había visto en mi vida. De borde a borde medían aproximadamente lo mismo que mi brazo, y tenían el grosor de mi cuerpo. Estaban cubiertas de algas que semejaban cabello de mujer. Me dirigí hacia la que estaba más cerca de mí, debido a que me pareció la que me sería más fácil arrancar. Saqué el cuchillo y comencé a trabajar lentamente, pero un grupo de minúsculos peces nadaba ante mis ojos, por lo que no conseguí desprender la ostra, comenzáronme a doler los pulmones y tuve que salir a la superficie.

La segunda vez que me sumergí, apenas hube alcanzado el fondo, una sombra cubrió la zona en que trabajaba. Era la sombra de un tiburón gris, de uno de esos tiburones que no atacan, pero cuando el tiburón se alejó me había ya quedado sin aire en los pulmones.

Me sumergí seis veces más, y en cada una de estas veces trabajé muy de prisa, atacando con mi afilado cuchillo la base de una gran ostra, en el preciso lugar en que se unía a las rocas. Pero aquella ostra llevaba muchos años pegada allí, muchos más años de los que yo tenía, y no quería abandonar lo que para ella era su hogar.

La tarde estaba ya muy avanzada y la luz era débil. Por otra parte, las manos me sangraban y la sal del agua de mar casi me había cegado. Pero me senté en la canoa y pensé en las largas horas consumidas para nada, a fin de cuentas. Y también pensé en el Sevillano y en la gran perla que había encontrado, o que decía haber encontrado, en el golfo Pérsico.

Volví a llenar de aire los pulmones, cogí la piedra y de nuevo me sumergí. Al primer golpe de cuchillo, la ostra se desprendió. Cayó hacia un lado, y yo desaté la piedra y anudé la cuerda en la ostra, dando dos vueltas a su concha. Luego regresé a la superficie. Intenté subir la ostra, pero tan grande era su peso que no pude izarla a bordo de la canoa. Por esto até la cuerda a popa y remando salí de la cueva.

Al otro lado de la ensenada, vi al viejo en pie entre los árboles. A lo largo del día, de vez en cuando, le había vislumbrado allí, de pie, con la vista fija en la cueva. Sabía yo que si corría peligro de ahogarme el viejo no intentaría salvarme, y que, en todo instante, no dejó de decir al Diablo Manta que él no había querido que yo penetrase en la cueva, y que, por tanto, ninguna culpa podía atribuírsele. Pero también sabía que si yo encontraba una perla, el viejo pediría una parte de su precio, debido a que no se le podía culpar de haberla hurtado al Diablo Manta.

Mientras yo cruzaba la ensenada, el viejo salió de bajo los árboles y bajó a la playa, con aire de importarle muy poco el que yo hubiera encontrado o no una perla. Supongo que el viejo había adoptado este aire para demostrar al Diablo Manta y a sus amigos, los peces y el gran tiburón gris, que Soto Luzón ninguna culpa tenía.

Mientras el viejo arrastraba la ostra a la playa, dijo:

—Es muy grande. En mi vida había visto semejante monstruo. Es el abuelo de todas las ostras del mar.

Le dije:

—En la cueva hay muchas ostras mayores que ésta.

Y él comentó:

—Si tantas hay, el Diablo Manta no puede enfadarse por el hecho de que usted le haya quitado una.

Me eché a reír, y repuse:

—Quizás esté un poco enfadado, pero no mucho.

La ostra estaba cerrada con tal fuerza que no pude introducir la hoja de mi cuchillo en su interior. Me dirigí al viejo:

—Présteme su cuchillo. El mío se ha quedado sin filo de tanto utilizarlo.

El viejo puso la mano en el mango de su cuchillo, lo sacó de la funda y volvió a meterlo en ella.

Habló, y, al hacerlo, su voz comenzó a temblar:

—Es mejor que use su cuchillo.

Luché largo rato con la ostra. Al fin comenzó a ceder un poco, e instantes después advertí que el cuchillo se hundía en los pesados músculos de la ostra, y, de repente, ésta se abrió.

Puse el dedo bajo el ondulado borde de la carne, tal como había visto hacer a mi padre. Una perla resbaló a lo largo del dedo. Y yo la cogí inmediatamente. Tenía el tamaño de una pera. Cuando volví a meter el dedo, otra perla del mismo tamaño salió rodando. Y luego salió una tercera perla. Puse las tres en la otra mitad de la ostra, a fin de que su superficie no sufriese arañazos.

El viejo se acercó y se inclinó sobre mí, conteniendo el aliento, mientras yo permanecía arrodillado en la arena.

Muy despacio deslicé la mano bajo el pesado cuerpo de la ostra. Toqué un cuerpo duro, de tan monstruoso tamaño que no podía ser una perla. Lo agarré y lo arranqué de la carne de la ostra. Me puse en pie y coloqué aquello a la luz del sol, convencido de que en la mano sostenía una piedra que la ostra se había tragado.

Era esférica y suave, y tenía el color del humo. Me ocupaba por entero la palma de la mano. Entonces los rayos del sol penetraron en aquel objeto, y, una vez dentro, parecieron moverse en oleadas plateadas. Entonces supe que no tenía en la mano una piedra sino una perla, la gran Perla del Cielo.

El viejo susurró:

—Madre de Dios...

Yo permanecía quieto, incapaz de moverme o de hablar. El viejo musitaba una y otra vez:

—Madre de Dios, Madre de Dios.

Se hizo de noche. Me rasgué los faldones de la camisa y con ellos envolví la perla. Dije al viejo:

—La mitad es suya.

Le ofrecía la perla, pero el viejo retrocedió atemorizado. Le dije:

—¿Quiere que la guarde hasta que lleguemos a La Paz?

—Sí, más vale así.

—¿Cuándo partimos?

En voz ronca, el viejo repuso:

—Cuanto antes. El Diablo Manta se ha ido, pero pronto volverá. Entonces, sus amigos le contarán lo de la perla.

7

Ni siquiera esperamos a cenar. Mientras yo ponía a flote la canoa, el viejo fue a la cabaña y regresó con unas cuantas tortas de maíz. Cuando pasamos ante la cueva, el viejo se llevó la mano al sombrero, murmuró algo para sus adentros, y, después, hundió el remo en el agua. El viejo había traído otro remo, con el que yo remaba pese a que mis manos me dolían tanto que apenas podía sostenerlas.

En el cielo brillaba la media luna. Las corrientes del mar nos eran favorables, e íbamos viento en popa. A medianoche, pasamos junto a la bahía de Pichilinque, y, a lo lejos, en el horizonte brillaban débilmente las luces de La Paz. En aquel instante, el viejo volvió bruscamente la cabeza hacia atrás. Varias veces, desde que dejamos la ensenada, el viejo había hecho este movimiento.

Alzó el brazo y señaló. En voz baja dijo:

—El Diablo Manta.

Lejos, a babor, vi el fantasmal destello de un pez con alas. Dije:

—Es un pez manta, pero no el Diablo. Lo he visto en otra ocasión. La semana pasada...

El viejo me interrumpió:

—Es el Diablo.

Alzó el remo, lo hundió con todas sus fuerzas en el agua y con ello alteró el rumbo de la canoa. Dijo:

—Vamos a Pichilinque.

—Pero La Paz no está lejos.

El viejo repuso:

—Está demasiado lejos. Nunca llegaríamos a La Paz.

Comenzó a remar furiosamente y la canoa saltó hacia delante en un renovado impulso. Nada de cuanto yo dijera podía disminuir el terror que se había apoderado del viejo. Para él, el Diablo Manta era un ser real que ahora nos perseguía para recuperar la perla que yo le había robado. Por esto, comencé a remar al mismo ritmo que el viejo y pensé en la gran Perla del Cielo que llevaba debajo de la camisa. También pensé en el Sevillano y en cómo le saldrían los ojos de las órbitas cuando viera la perla. También me preguntaba qué diría mi padre y la gente de nuestra ciudad.

En el momento en que entrábamos en la bahía de Pichilinque, el viejo me preguntó:

—¿Ve al Diablo?

—No. He estado mirando y no le veo.

Entonces, un ruido como el de un trueno estremeció la canoa. Parecía que el cielo se hubiese desplomado sobre nosotros. A uno y otro costado se alzaron montañas de agua que chocaron sobre nuestras cabezas y dejaron el aire denso de espuma.

Luego oímos un gemido, el crujir de las maderas, la canoa como enloquecida saltó hacia arriba, cayó de proa, y yo me sentí impulsado hacia un lado, hacia el mar. Mientras caía, en mi mente aparecieron imágenes de mi infancia. Oí la voz de mi madre que decía: «El Diablo Manta es más grande que el más grande de los barcos que hay en nuestro puerto. Tiene siete hileras de dientes».

No podía ver al viejo, pero le oía gritar. Mi primer pensamiento fue para la perla. Metí la mano debajo de la camisa, encontré la perla y, entonces, eché a nadar hacia la playa. El viejo había llegado antes que yo. Salí del agua, y, ya en pie, sostuve la perla en la mano, para que el viejo viera que estaba a salvo. El viejo gritó:

—Tírela. El Diablo espera que le devolvamos la perla y no descansará hasta conseguirlo. Ahora está allí.

Las aguas de la bahía se encontraban en calma. Nada vi salvo la canoa destrozada que se alejaba flotando en las aguas iluminadas por la luna. No había el menor signo de la presencia del pez manta, sin embargo yo sabía muy bien que era uno de estos seres malignos el que había hecho naufragar nuestra canoa, ya por casualidad, ya por causas desconocidas, puesto que estos peces abundan en el mar Bermejo. Dije:

—Tenemos la perla y estamos vivos, aunque mojados, y si ahora nos ponemos en marcha podemos llegar a La Paz al amanecer.

El viejo dijo:

—No quiero ir a La Paz con la perla. Me quedaré aquí hasta que salga el sol, y, entonces, recuperaré la canoa. La perla es suya. Yo no la encontré, no es mía.

Se apartó de mí, como si en mi mano tuviera una serpiente. Le dije:

—Cambiará de opinión. Esta perla es muy valiosa.

Me contestó:

—Jamás cambiaré de opinión.

—En la concha de la ostra, que he dejado en la playa de la ensenada, hay tres perlas. Las olvidé allí.

—Las arrojaré al mar.

—Haga lo que quiera.

Tras una pausa, el viejo dijo:

—Y la perla grande también debiera usted arrojarla al mar. Si no lo hace, señor, algún día el Diablo Manta la recuperará y usted no sólo perderá la perla sino también la vida. No diga, luego, que no se lo advertí.

Nos despedimos y yo eché a andar por la playa camino de las luces de la ciudad, con la perla en la mano.

El camino que llevaba a La Paz no era de fácil tránsito y tenía una longitud de tres leguas, pero llegué a mi ciudad antes del alba.

Primeramente fui a la oficina de «Salazar e Hijo», entré y cerré la puerta. Saqué la perla de su envoltorio y la puse sobre una porción de terciopelo y luego la pesé. Pesaba 62,3 quilates.

Salí de la oficina y me dirigí al malecón, con la perla escondida bajo la camisa. La luz del nuevo día teñía ya el cielo tras las montañas, pero ya había gente en las calles. Saludé a esa gente como de costumbre, e incluso me detuve a hablar con la mujer que vendía chocolate caliente ante el calabozo.

Nuestra casa se encuentra en la plaza y tiene un gran portalón de hierro forjado que, por la noche, cerramos por dentro. Toqué la campanilla, y cuando una de las chicas indias me abrió la puerta, le di los buenos días, y, luego, me dirigí hacia la cocina en donde me comí un plato de gachas, igual que si nada hubiera ocurrido, igual que si no llevara oculta bajo la camisa la más hermosa perla jamás extraída del mar Bermejo.

Fui a mi dormitorio, coloqué la perla bajo la almohada y me tumbé en la cama para dormir. Me esforzaba en mantenerme sereno. Me esforzaba en no pensar en la perla, ni en lo que diría mi padre, ni en lo que diría el Sevillano. Pero transcurrió la mitad de la mañana sin que yo consiguiera conciliar el sueño. Y mientras yacía despierto, recordé súbitamente que había olvidado cerrar la puerta de la oficina. Me levanté, me puse la perla bajo la camisa, e inicié el camino, descendiendo por la falda de la colina.

Cuando pasé junto al calabozo, la mujer que vendía chocolate me indicó mediante señas que me acercase a ella. Aquella mujer vendía, de vez en cuando, perlas de escaso valor. Y también tenía muy fino olfato para descubrir lo que ocurría en la ciudad. Me dijo:

—Va y viene mucho, esta mañana.

Le contesté:

—Es una excelente mañana para pasear.

Me indicó que me acercase más a ella:

—¿Conoce a Cantú, el pescador que vive en Pichilinque?

Afirmé con un movimiento de la cabeza. Prosiguió la mujer:

—Pues bien, este Cantú, que está loco de atar, acaba de pasar por aquí y ha dicho que alguien ha pescado una gran perla. ¿Sabe algo?

—Todas las semanas se encuentra una gran perla y todas las semanas la noticia es falsa.

Yo no quería que aquella mujer ni nadie se enterara de la pesca de la gran perla, hasta que mi padre regresase. Él era quien debía decidir el momento y la manera de dar la noticia a la ciudad. No era correcto que yo, su hijo, le privara de este honor. Por esto, incliné respetuosamente la cabeza, despidiéndome así de la mujer y me fui a toda prisa.

Al doblar la esquina e iniciar el camino hacia el malecón, vi que ante las oficinas de «Salazar e Hijo» se congregaba una multitud. Decidí dar media vuelta y regresar a casa, pero alguien gritó:

—¡Hola, Ramón!

Todos volvieron la cabeza para mirarme y supe que si iba a casa todos me seguirían. Por esto seguí adelante, avanzando hacia la multitud.

Fueron muchas las voces que comenzaron a gritar:

—¡La perla, la perla!

Y, al mismo tiempo, otras tantas pedían:

—¡Enséñanosla!

Procuré poner expresión de sorpresa y pregunté:

—¿Qué perla?

Levanté las manos con las palmas hacia ellos, puse expresión intrigada, penetré en la oficina, cerré la puerta con llave, guardé la perla en la caja de caudales y me senté ante la mesa de trabajo. Instantes después un muchacho asomaba la cabeza por la rendija que se abría en el muro. Aquel chico seguramente estaba sobre los hombros de alguien y no tardó en comenzar a decir a gritos, a la multitud, lo que veía. Abrí el libro registro y el chico lo comunicó a la multitud. Anoté algo en el libro registro y el chico también lo dijo.

Fuera, la multitud fue creciendo y creciendo hasta que, al llegar el mediodía, atestaba la calle. El chico que me espiaba por la rendija se cansó de su tarea y desapareció. Pero yo seguí sentado ante mi mesa y anotando lo que hacía, sin dejar de pensar en la gran perla y deseando que la flotilla de mi padre regresara antes de que yo tuviera que salir de la oficina y enfrentarme con la muchedumbre.

La flotilla llegó a puerto a las dos en punto. Mi padre seguramente sintió inquietud al ver la muchedumbre, ya que fue el primero en desembarcar.

Vino corriendo, y apenas le abrí yo la puerta entró en la oficina, jadeante, temeroso de que tuviera malas noticias. Me dijo:

—¿Qué ocurre?

El chico volvía a espiar al través de la rendija, pero yo abrí la caja de caudales, saqué la perla y se la mostré a mi padre. Le dije:

—Esto es lo que ocurre.

Mi padre la cogió. Dio vueltas a la perla en la palma de la mano y guardó silencio, como si no creyera en la realidad de lo que tenía ante la vista. Dijo:

—Esto no es una perla.

Y yo repuse:

—¡Sí! ¡Es una perla!

Mi padre me miró y dijo:

—No, esto es una broma. Nada hay en los mares de todo el mundo parecido a eso.

Bajó la vista a la perla. Añadió:

—Tú has hecho esto. Tú has cogido perlas de escaso valor, las has pegado con cola y has pulido cuidadosamente el montón de perlas hasta darles esta apariencia. Eres muy astuto, Ramón.

—Yo no he pegado nada. Es una perla. Yo la he encontrado.

El muchacho que nos espiaba al través de la rendija repitió a gritos mis palabras para que la muchedumbre se enterara. En la calle se alzó un gran grito. Mi padre dio vueltas a la perla en la palma de su mano, después la puso a contraluz y, teniéndola así, volvió a darle vueltas lentamente.

Luego, abrió la puerta y sostuvo en lo alto la perla para que el sol la iluminara y todos pudieran verla.

El silencio envolvió a la muchedumbre. Ni un solo sonido se oía, salvo el romper de las pequeñas olas en la playa. Mi padre cerró la puerta, me miró y dijo:

—Madre de Dios...

Repitió tres veces estas palabras, se sentó y miró fijamente la gran perla negra que ocupaba casi totalmente la superficie de su mano.

8

Aquella tarde, cuando mi padre y yo nos dirigimos a casa, se organizó algo parecido a un desfile. La noticia de la monstruosa perla hallada por Ramón Salazar, hijo de Blas Salazar, se había difundido ya en toda la ciudad. Parecía que la noticia hubiese sido escrita en el cielo con letras de fuego.

Campesinos de tierra adentro, curiosos, pescadores, buscadores de perlas, tenderos, mujeres y niños, e incluso el padre Gallardo, formaban parte del desfile que nos siguió a lo largo del malecón, y, después, colina arriba, hasta nuestra casa. Pero entre aquella gente no estaba el Sevillano. Algunos llevaban antorchas y todos cantaban y gritaban para celebrar el hallazgo de la gran perla negra. Y ello se debía a que la ciudad de La Paz vive de la pesca y venta de perlas y, en consecuencia, cuantos moran en la ciudad y en los campos que la rodean participan, de un modo u otro, de los tesoros que se extraen del mar.

La multitud nos siguió hasta la puerta de casa. Y cuando nosotros entramos, todos se quedaron en la plaza, formando una muchedumbre hirviente que crecía más y más, a medida que otras gentes iban enterándose del hallazgo de la perla. Fue una manifestación superior a la que celebra la ciudad el día Cinco de Mayo.

En casa, tenemos un pequeño taller en el que mi padre modifica las perlas que tienen alguna que otra imperfección y allí llevó la gran perla. Cerró la puerta para que las criadas indias no curiosearan.

Primero, puso la perla en un platillo de la balanza y la pesó. Dijo:

—Pesa 62,3 quilates, tal como me has dicho. Y es exactamente esférica. Pero en cuanto a su perfección, te has equivocado.

Puso la perla a contraluz, y dijo:

—Mira. Si te fijas bien, verás que tiene una pequeñísima imperfección. Se encuentra en la primera capa o en algún lugar debajo de ella. No lo sé con certeza.

Yo me había fijado ya en aquella imperfección pero, debido a que no quería tenerla en cuenta, decidí que carecía de importancia. Dije:

—Si pelas la perla, quizá descubras que la imperfección se encuentra en las cajas profundas.

Mi padre repuso:

—En este caso, no se tratará de una gran perla. ¿Qué prefieres, la perla perfecta o sencillamente una buena perla?

No dudé:

—La perfecta.

Y a pesar de todo, yo no quería que mi padre pelase la perla ya que le había visto destruir muchas perlas hermosas, al someterlas a este procedimiento. Dije:

—Si la imperfección se encuentra en las capas profundas, lo perderemos todo. Ahora, la imperfección es pequeña y cabe la posibilidad de que el comprador de la perla no la perciba.

Mi padre replicó:

—Lo primero que el comprador verá es la imperfección. Y aun cuando la perla pese más de sesenta quilates, sea redonda y de raro color y oriente, tan sólo de la imperfección se hablará. Así es que coge otra lámpara, enciéndela y despabila ésta. Mientras lo haces, ruega al Señor que guíe la mano con la que maneje el cuchillo.

Despabilé la lámpara y encendí otra, tal como mi padre me había ordenado, y, mientras lo hacía, el corazón me latía con insólita fuerza. De la plaza nos llegaban los sonidos de los cánticos y al través de la ventana veía el resplandor de las antorchas. Yo temía que, dentro de unos instantes, las gentes del pueblo y yo mismo nos quedáramos sin motivo de celebración.

Comencé a rezar, pero sin que supiera las razones, y las palabras del rezo no acudían a mi mente. Una y otra vez, sonaban en mis oídos las palabras del viejo: «El Diablo Manta la recuperará algún día. El Diablo Manta la recuperará algún día». Miré la perla y el cuchillo que yacía a su lado. ¿Se convertirían en realidad las palabras de Soto Luzón? ¿Destruiría para siempre a la perla el cuchillo que iba a manejar mi padre?

Mi padre cogió el afilado y pequeño cuchillo de hoja ligeramente curva. Agarró firmemente la perla, hizo una profunda inhalación, contuvo el aliento y apoyó el filo del cuchillo en la perla. En el instante en que el filo del cuchillo cortó la superficie de la perla, se oyó un ligero susurro. Luego, una finísima capa, más fina que el más fino papel, comenzó a desprenderse de la perla, y, despacio, muy despacio, adquirió más y más extensión hasta que, al fin, tras un tiempo que me pareció una hora, cayó sobre la mesa.

Fuera la gente cantaba con más fuerza, pero allí, en el taller, tan sólo se oía el sonido producido por mi padre al volver a respirar. Soltó el cuchillo y puso la perla ante la lámpara. La estuvo mirando durante largo tiempo. Yo observaba el rostro de mi padre en espera de ver en él un indicio revelador de que la imperfección había desaparecido. Pero su rostro permanecía impasible.

Tenía la garganta seca y el miedo me ahogaba. Hice un esfuerzo y dije:

—¿Qué ves?

Mi padre no me contestó, debido a que mis palabras fueron tan sólo un ronco murmullo que nadie hubiese podido comprender. Por fin, mi padre sacudió la cabeza. Volvió a coger el cuchillo. Anduve hasta la ventana. Miré fuera, al cielo nocturno y comencé a rezar.

Oí la voz de mi padre:

—Más vale que mires. Algún día tendrás que hacer tú lo que ahora estoy haciendo yo.

Regresé junto a la mesa y me quedé en pie al lado de mi padre, con la vista fija en sus manos, sin dejar de rogar para que se salvase la vida de la Gran Perla, mientras el cuchillo trazaba un lento, interminable, recorrido circular. Una finísima oblea, enroscada sobre sí misma, cayó sobre la mesa y quedó allí, sin brillo, a la luz de la lámpara.

Mi padre puso la perla a contraluz, le dio vueltas y más vueltas y la estudió en toda su superficie. Bruscamente, levantó la perla por encima de su cabeza, como si quisiera mostrarla al mundo entero.

Luego, me entregó la perla y dijo:

—La imperfección ha desaparecido. Tienes en la mano La Perla del Universo. La Perla Perfecta. ¡La Perla del Cielo!

9

Tal como he dicho antes, en la ciudad de La Paz hay cuatro comerciantes en perlas, sin contar la empresa «Salazar e Hijo». Hay muchos otros comerciantes, desde luego, que venden perlas pequeñas y en cortas cantidades, por las calles, cual es el caso de la mujer que vende chocolate frente al calabozo. Pero estos cuatro a los que me he referido, son los que compran y venden las más bellas perlas procedentes del mar Bermejo.

Aproximadamente una semana después de que mi padre eliminara la imperfección de la perla, aquellos cuatro hombres vinieron a nuestra casa. Al principio, mi padre había hablado de llevar la gran perla a la capital de Méjico, pero esto fue lo que hizo una vez, anteriormente, con una perla de rara belleza y el largo viaje de mi padre acabó en fracaso debido a que los comerciantes de la capital eran demasiado astutos. Por esto, decidimos vender la Perla del Cielo a los comerciantes de La Paz. Ninguno de ellos podía pagar el precio de la perla, ni tampoco podían hacerlo dos o tres juntos, pero si aunaban sus recursos los cuatro, sí podían ofrecer el precio debido.

Vinieron a primera hora de la tarde, vestidos con sus mejores trajes negros y provistos de una balanza, calibradores y el dinero en una cartera de piel de cocodrilo. La excitación de los habitantes de la ciudad se había calmado al cabo de un par de días después de aquel en que pesqué la perla, pero cuando corrió la voz de que los cuatro comerciantes acudirían a casa de los Salazar para comprar la gran perla negra, una multitud se congregó ante las puertas de casa.

Mi madre y mis dos hermanas habían regresado de Loreto, ya que también ellas se habían enterado del hallazgo. Por esta razón, la fuente del patio funcionaba, había flores en la sala de estar y los muebles de la casa resplandecían.

Los cuatro hombres tenían la expresión seria. Sobre la mesa de la sala de estar dejaron los calibradores, la balanza y la cartera de piel de cocodrilo. Se sentaron, pusieron una mano sobre la otra y guardaron silencio.

Entonces, mi padre dijo:

—No es muy grande esta cartera, señores. Mucho dudo que contenga el dinero suficiente para comprar la gran Perla del Cielo.

Estas palabras no fueron del agrado de los cuatro comerciantes. Uno de ellos, llamado Arturo Martín, era corpulento y tenía el cuerpo en forma de barril, con las manos pequeñas y blancas. Y fue éste quien dijo:

—Me han dicho que esta perla tiene el tamaño de una naranja, y si esto es verdad, nos sobra dinero para comprarla, puesto que como usted sabe, las perlas muy grandes tienen escaso valor.

Miguel Palomares, que era tan gordo como Martín y que tenía la cabeza calva y brillante, añadió:

—Estos monstruos viven poco tiempo. A menudo, mueren o pierden el brillo antes de que pase un año.

Mi padre dijo:

—Y lo mismo les ocurre a muchas perlas pequeñas, cual pasó con la perla rosada que el señor Palomares nos vendió el mes pasado.

El señor Palomares encogió los hombros y mi padre dijo:

—Antes de mostrarles la Perla del Cielo, les diré su precio. Quiero veinte mil pesos, ni uno más ni uno menos.

Los cuatro hombres se miraron y sonrieron levemente, de manera que las sonrisas parecían indicar que ellos habían decidido ya el precio.

Mi padre salió de la estancia y regresó con la perla envuelta en una porción de terciopelo blanco. Dejó el envoltorio sobre la mesa, ante la vista de los cuatro comerciantes y dijo:

—Y, ahora, vean señores.

Con un florido ademán apartó el envoltorio y dio un paso atrás para que todos pudieran ver la perla:

—¡La Perla del Cielo!

La gran perla absorbió la luz, la centró en su

interior y la reflejó suavemente, como una luna de fuego oscuro. Durante unos instantes los cuatro hombres guardaron silencio. Después, el señor Martín dijo:

—Tal como temía, más parece una naranja que una perla.

Intervino el señor Palomares:

—Verdaderamente, es monstruosa. Es una de estas perlas que por lo general viven poco y que difícilmente se venden.

Uno de los comerciantes que hasta el momento no había hablado, carraspeó para aclararse la garganta, y dijo:

—A pesar de todo, haremos una oferta.

Los otros mercaderes afirmaron solemnemente con la cabeza. Martín dijo:

—Diez mil pesos.

El señor Palomares cogió la perla con su mano pequeña y blanca y la estudió. Tras largo rato, dijo:

—Creo que tiene una imperfección. Diez mil es demasiado.

Mi padre dijo:

—No hay tal imperfección, y el precio, caballeros, sigue siendo el de veinte mil pesos.

La gran perla pasó de un comerciante a otro y todos le dieron vueltas y la miraron fijamente. Por fin, el señor Martín usó los calibradores y puso la perla en el platillo de la balanza. Los datos que obtuvo fueron casi exactamente los mismos que yo había registrado. A continuación, dijo:

—Once mil pesos.

Mi padre le contestó:

—Hacen falta todavía nueve mil pesos más. En su vida han visto ustedes una perla como ésta y jamás volverán a ver otra parecida.

Habló el señor Palomares:

—Doce mil pesos.

A partir de entonces, y durante casi una hora, el precio ofrecido por los comerciantes subió de doscientos cincuenta en doscientos cincuenta pesos, hasta alcanzar la suma de quince mil pesos. En este momento todos comenzamos a irritarnos y mi madre nos sirvió una jarra de jugo de fruta frío y una bandeja de buñuelos. Yo sabía que mi madre deseaba que aceptásemos la oferta de los comerciantes, y, desde el punto en que yo me encontraba, pude ver como mi madre hacía gestos y ademanes, desde el vestíbulo, indicando a mi padre que aceptara. Mi madre tenía el capricho de comprar un hermoso coche rojo tirado por cuatro caballos blancos, que había visto en Loreto, y temía que sus deseos no se convirtieran en realidad si mi padre no rebajaba el precio.

El señor Martín se secó los labios con la mano y dijo:

—Quince mil pesos es nuestra última oferta.

Mi padre le contestó:

—Entonces llevaré la perla a la ciudad de Méjico y pediré el doble por ella y la venderé a un comerciante que no regateará porque sabrá apreciar su verdadero valor.

El señor Palomares cogió la perla y volvió a dejarla sobre la mesa. Su cabeza pequeña se hundía en los pliegues de carne que se formaban en su cuello obeso. De repente, avanzó la cabeza en un movimiento parecido al que hacen las tortugas y fijó la vista en mi padre, quien paseaba arriba y abajo por la sala de estar. El señor Palomares dijo:

—Recuerde que ya ha hecho una vez el largo viaje hasta la capital de Méjico. ¿Y en qué acabó aquella aventura? Acabó en que al fin supo usted que los comerciantes de la capital no son tan generosos con su dinero como lo somos los comerciantes de La Paz. Y usted volvió a casa, tras el largo viaje, con el rabo entre las piernas.

El señor Palomares se puso en pie y los otros comerciantes le imitaron. Dijo:

—Quince mil doscientos cincuenta pesos. Esta es nuestra última oferta.

A mi padre no le había gustado que el señor Palomares le recordara su viaje a la capital, ya que aquél era un asunto que le había dolido durante largo tiempo. Y tampoco le había gustado aquella imagen que el señor Palomares había dado de él, al decir que regresó a casa con el rabo entre las piernas. Mi padre dejó de pasear arriba y abajo, y se dirigió a mí:

—Ve a la iglesia y trae aquí al padre Gallardo. Haga lo que haga, procura que venga. Corre, de prisa.

Salí corriendo y crucé la plaza, por entre la silenciosa multitud que ignoraba cuál era mi mi-

sión. Encontré al padre Gallardo haciendo la siesta. No sin dificultad, le desperté y conseguí arrastrarle hasta casa. Cuando llegamos al patio, oí al señor Martín que decía:

—Ofrecemos quinientos pesos más.

Y la contestación de mi padre:

—El precio es veinte mil pesos.

Cuando entramos, todos callaron. Los cuatro comerciantes que tenían las cabezas juntas, como en conciliábulo, alzaron la vista. El señor Palomares tenía la perla en la mano. Mi padre avanzó hasta él y se la quitó, se volvió a continuación hacia el padre Gallardo, a quien saludó inclinando la cabeza, y le dijo:

—Aquí está la Perla del Cielo. Mi hijo y yo se la damos para que la ofrezca a la Virgen, a nuestra amada Santa María del Mar, para que la conserve eternamente.

En el vestíbulo sonó un grito. Creo que lo emitió mi madre, pero bien hubiera podido emitirlo mi hermana porque también ella había estado soñando en comprarse cosas. Entonces, los cuatro hombres recogieron en silencio sus instrumentos así como la cartera de piel de cocodrilo en la que iba el dinero, se pusieron el sombrero y se fueron. En el momento en que el padre Gallardo cogió la gran perla, tropezó con la sotana y comenzó a tartamudear. En cuanto a mí, como fuera que no tenía ningún deseo especial, miré a mi padre y me sentí muy orgulloso de que hubiera dado una lección a los cuatro comerciantes.

Entonces, el padre Gallardo recobró la voz y se esforzó en hablar con serenidad. Dijo:

—Celebraremos la ofrenda de la perla a Santa María. Será la más maravillosa celebración que se haya visto en toda la historia de La Paz.

Pero a mi madre no le había gustado la ofrenda de la perla y tampoco le gustaba la idea de la celebración. Tan pronto el padre Gallardo se hubo ido, mi madre entró corriendo en la sala de estar, con lágrimas en los ojos. Sin dejar de sollozar, dijo:

—Ya no tenemos la hermosa perla.

Mi padre le dijo:

—Pero no nos hemos quedado sin ella, porque estará en la iglesia y allí todos podrán verla. También tú podrás ir a la iglesia y ver la perla.

Mi madre gritó:

—No quiero volver a verla. La Virgen tiene muchas perlas. Podías haberle ofrecido una perla más pequeña.

Mi padre le explicó:

—Precisamente debido a que la Virgen sólo tiene perlas pequeñas, le he ofrecido una perla grande.

Mi madre se acercó a mi padre, le miró fijamente, se limpió las lágrimas que empañaban sus ojos, y le dijo:

—Esta no es la verdadera razón. Has ofrecido la perla a la Virgen porque te has enojado con los comerciantes. La has dado para vengarte de ellos.

Con acento de orgullo, mi padre dijo:

—No. Ha sido un obsequio de la Casa Salazar. Y en méritos del obsequio de esta gran perla, la perla más grande que jamás se haya encontrado en el mar Bermejo, la Casa Salazar recibirá los favores del Cielo, ahora y siempre.

Mi madre nada dijo, pero cuando el padre Gallardo celebró el ofrecimiento de la perla a la Virgen, mi madre tuvo un dolor de cabeza que la obligó a quedarse en casa.

10

La celebración del padre Gallardo tuvo lugar cinco días después.

La iglesia resplandecía a la luz de los cirios, las flores cubrían el altar y el dulce olor del incienso impregnaba el aire. La imagen de la Virgen se encontraba en la hornacina, con un vestido de seda blanca y guirnaldas de margaritas adornándole el cabello. En la mano abierta de Nuestra Señora descansaba la gran perla negra.

La iglesia rebosaba de fieles, y los que no habían podido entrar se hallaban en la plaza. Jamás se había visto en nuestra ciudad semejante multitud. La gente vino a pie, a caballo y en burro, desde puntos tan lejanos como Loreto, al norte y Santo Tomás, al sur. De las estériles islas del mar Bermejo llegaron fieles en canoa. Y también vinieron bandadas de indios desde las salvajes hondonadas de Sierra Morena, con vestidos hechos de piel de conejo. Su presencia complació mucho al padre Gallardo, quien dijo:

—La perla ha hecho el milagro. Durante muchos

años he intentado inducir a estos salvajes a venir a la iglesia, pero no lo he conseguido hasta hoy.

Después del oficio religioso, la Virgen Santísima fue colocada en unas andas adornadas con flores y paseada por la plaza, a la que dio dos vueltas, mientras el pueblo cantaba y bailaba. Luego, la Virgen fue llevada a la orilla del mar, para que estuviera presente en la bendición a la flotilla de los Salazar.

Esto último fue idea de mi padre. Lo hizo para demostrar a mi madre que la Gran Perla Negra había ya conseguido los favores del Cielo, lo cual era indicio de que la Casa Salazar siempre prosperaría.

Y esta fue la razón por la que la Virgen fue llevada junto al mar, y por la que el padre Gallardo estuvo allí, al lado de la Virgen, rodeado por la multitud. En las quietas aguas de la bahía se encontraban nuestras cinco barcas, todas ellas recientemente pintadas de azul y adornadas con guirnaldas y papelitos de colores.

El padre Gallardo alzó los brazos al cielo y dijo:

—Te pedimos, Señora, que protejas estas barcas, que les des buenos vientos, que las conduzcan a los lugares en donde se crían las perlas, y que las devuelvas sin daño a puerto. Te pedimos que bendigas la Casa Salazar que tanto ha honrado a nuestra iglesia en este día, y te pedimos también que los Salazar encuentren otra perla tan grande como la que hoy han ofrendado.

Después de que el padre Gallardo hubiera bendecido nuestra flotilla, la Virgen fue conducida hacia la iglesia a lo largo de las calles. En la mano de Nuestra Señora reposaba la Perla del Cielo, por lo que todos pudieron verla otra vez. Para la multitud reunida alrededor de la Virgen y la perla y que acompañaba a Aquélla en su camino de regreso a la iglesia, fue un día maravilloso. Quienes pocos bienes poseían y quienes nada poseían soñaron en aquel día durante el resto de sus vidas, porque la perla pertenecía también a cada uno de ellos.

Cuando la Señora fue colocada en su hornacina, me arrodillé ante Ella y le di las gracias por haberme permitido encontrar la perla que, ahora, tantos consideraban como suya. Y mientras salía de la iglesia, pensé por un instante en todas las barcas que con el precio de aquella perla se hubieran podido comprar. Eran las suficientes para formar diez o doce flotillas. Pero este pensamiento se desvaneció al momento de mi mente.

Oí que el Sevillano me llamaba. Estaba en pie en la plaza, junto a la iglesia, e iba vestido con ceñidos pantalones y camisa de rizada pechera, que llevaba abierta, mostrando los tatuajes del pecho. El Sevillano me dijo:

—Bien, compañero, éste ha sido un gran día, casi tan grande como aquel en que encontré la perla en el golfo Pérsico. He oído decir muchas cosas sobre tu perla, sin embargo quisiera saber cuánto pesa verdaderamente.

Le dije el verdadero peso, aunque sabía que fue-

ra cual fuese éste, siempre sería inferior al de la perla por él encontrada. El Sevillano dijo:

—La perla del golfo Pérsico era mayor. Imagina una perla que apenas cupiera en tus dos manos, pues así era la perla que vendí al Sha de Persia.

Le dije:

—Buena perla.

Y me sorprendí al advertir que ahora el Sevillano ya no me inspiraba los mismos sentimientos que antes me inspiraba. Sus fanfarronadas ya no me molestaban, o por lo menos, no me molestaban tanto como antes. Ahora que yo había buceado en el mar Bermejo y que había pescado la gran perla negra, el Sevillano ya no podía decir que nada había hecho yo en mi vida, ni que era un cobarde. Le pregunté:

—¿Cuánto pesaba?

—Lo he olvidado —repuso el Sevillano con la vista fija en sus zapatos, como si hubiera perdido de repente todo su interés en el peso de las perlas. Y añadió—: Dime, ¿tiene tu perla alguna mácula?

—Ninguna.

El Sevillano era un hombre burlón, por lo que esta frase constituía un modo de decir que no creía en la Virgen. Dijo:

—Sí, sí, eso ya lo imaginaba, pero ¿tiene alguna mácula?

—Ya te lo he dicho, ninguna.

—¿Ni la más mínima?

—Ninguna.

—¿Es verdaderamente redonda?

—Sí.

—Una perla redonda, sin imperfecciones, y que pesa más de sesenta quilates vale...

Lanzó un silbido a través de los dientes, bajó la voz y dijo:

—He oído que la encontraste en Pichilinque.

—Cerca.

Y pese a que el Sevillano procuró sonsacarme, no le dije una palabra más. Nos estrechamos la mano, nos separamos y emprendí el camino de casa. Anochecía. Cuando estaba ya cerca de la puerta, una forma humana salió de la sombra y pronunció mi nombre. Era el viejo de la ensenada, el indio Soto Luzón. Le pregunté:

—¿Le ha gustado la celebración?

Soto Luzón guardó silencio durante unos instantes, y cuando habló no lo hizo para contestarme. Dijo:

—He visto a la Virgen y a la perla. Les he visto en la plaza, a lo largo de las calles y en la playa, junto al mar. Y también he oído los cantos.

Avanzó una mano y me la puso sobre el hombro, al tiempo que decía:

—Todavía es usted muy joven y son muchas las cosas que ignora. Por esto debo decirle que la perla no pertenece a Nuestra Señora, ni a la iglesia, ni a las gentes que cantaban. Pertenece al Diablo Manta, quien algún día la recuperará. Se lo advierto con toda solemnidad.

Comencé a contestar algo, pero el viejo, sin

91

pronunciar ni una sola palabra más, dio media vuelta y desapareció en la oscuridad. No volví a pensar en él hasta la mañana siguiente, cuando mi padre y yo descendíamos a la playa. Mi padre me preguntó:

—¿Tú crees que Luzón me permitiría pescar perlas en la ensenada en que vive?

—No, y yo, en tu lugar, ni siquiera se lo pediría.

Mi padre comentó:

—El viaje hasta Cerralvo es largo. En nuestro último viaje conseguimos muy pocas perlas, aunque también es cierto que encontramos más que las que solemos encontrar en otros lugares. En la ensenada quizá pescáramos otra perla parecida a la que tú encontraste.

Conté a mi padre el encuentro que la noche anterior había tenido con el viejo, y le expliqué lo que éste me había dicho. Mi padre replicó:

—Luzón es un indio loco.

Le dije:

—Loco o no, tiene derechos sobre la ensenada y no nos permitirá bucear allí.

11

Aquella mañana, la flotilla se hizo a la mar, rumbo a la isla de Cerralvo. Las barcas recién pintadas destellaban, y las guirnaldas de papeles que colgaban de sus mástiles aún tenían los colores vivos. Avanzaban de prisa impulsadas por el ligero viento del sur, y el cielo tenía el mismo color que la mar. Era un hermoso día, cual si la Virgen Santísima hubiese querido que así fuera. Aquella tarde, cuando regresé a casa hacía mucho calor, debido a que el viento del sur había dejado de soplar. Después, comenzó a soplar desde las montañas el fresco coromuel. Pero a la hora de cenar también se extinguió el coromuel y el aire se hizo muy pesado, casi irrespirable. Lentas nubes aparecieron en el cielo y las palmeras comenzaron a murmurar en el patio.

Mi madre dejó de comer, se acercó a la ventana y miró fuera. Cuando mi padre estaba en la mar, el menor cambio en el tiempo atemorizaba a mi madre. Cuando el viento soplaba, mi madre tenía miedo. Cuando el viento no soplaba o el cielo estaba cubierto de nubes grises o amanecía sin nieblas, mi madre también tenía miedo. Le dije:

—Vuelve a soplar el coromuel.

Mi madre repuso:

—El coromuel es viento fresco. Y el viento que agita las palmeras es cálido.

—Este viento es cálido porque la noche es cálida.

Se lo dije sin creer en mis propias palabras, porque yo sabía muy bien que aquellos cambios en el tiempo indicaban que se acercaba el chubasco, el más temible viento que azota el mar Bermejo. Añadí:

—Saldré fuera y miraré el cielo, pero estoy seguro de que se trata del coromuel.

Una vez en el patio, alcé la vista. No vi estrellas en lo alto, y el viento se había extinguido una vez más. Sin embargo, sabía muy bien que el viento que había agitado las palmeras no era viento de montaña. Había venido del suroeste, de allí donde nace el chubasco, y el aire olía fuertemente a mar.

Regresé a la mesa y me esforcé en aparentar buen humor. Dije:

—El cielo está despejado. En mi vida había visto tantas estrellas. Es una hermosa noche para navegar.

Mi madre dijo:

—Las palmeras vuelven a murmurar.

El suave sonido estremeció el aire de la estancia durante algún tiempo, mientras tomábamos el chocolate. Después, como si las hojas de las palmeras se hubieran convertido en acero, a nuestros oídos llegó un sonido de choque de metal con metal.

Me levanté y comencé a cruzar la estancia para cerrar la puerta, pero antes de que hubiera dado dos pasos la puerta se cerró golpeando fuertemente el marco. Las llamas de las velas se balancearon a uno y otro lado y, después, una mano invisible las apagó. Intenté volver a encender las velas pero no lo conseguí, debido a que el aire de la estancia parecía escaparse al través de la ventana con barrotes, como si una gran fuerza situada en el exterior lo succionara una y otra vez.

Mi madre dijo:

—El viento.

Mi hermana musitó:

—El chubasco.

Me acerqué a la ventana y miré fuera. No había estrellas en el cielo, y el choque de las ramas de las palmeras no se podía oír debido a que quedaba ahogado por la voz del viento, una voz que ahora parecía compuesta por los chillidos de miles y miles de gaviotas aterrorizadas. Me volví y dije:

—La flotilla ha podido advertir que se acercaba el chubasco. Seguramente se ha refugiado en Pichilinque o en alguna de las resguardadas caletas que hay entre La Paz y Cerralvo.

Mi madre se levantó e intentó abrir la puerta. Gritó:

—¡Ayudadme!

Le dije:

—No llegarás más allá del patio. Ni siquiera al patio llegarás, incluso si andas a gatas. No temas, la flotilla está a salvo. Está al mando del mejor capitán de estos mares y ha capeado muchos chubascos.

El aullido del viento llegó a ser tan fuerte que apenas podíamos oír nuestras palabras. Nos agazapamos junto a la mesa, en la habitación a oscuras y guardamos silencio. Las indias vinieron de la cocina y se sentaron en el suelo junto a nosotros. Dos de ellas estaban casadas con hombres que iban en las barcas.

A medianoche, el viento todavía rugía, pero poco antes de la madrugada comenzó a apaciguarse, y al alba se extinguió, dando largas boqueadas, igual que muere un animal herido. Todos nos dirigimos hacia el puerto, para estar allí cuando las barcas regresaran. Las palmeras del patio de casa se habían quedado sin hojas, y en el suelo se veían tejas arrancadas del techo. Cuando penetramos en la plaza, también vimos tejas en el suelo.

La mañana era gris y ardiente. Mientras nos dirigíamos a toda prisa a la playa, fue mucha la gente que se unió a nosotros. Algunas mujeres tenían maridos y hermanos que navegaban en la flotilla, y todos tenían amigos. La playa estaba cubierta de algas y de peces muertos. Las barcas que por la noche se hallaban ancladas en el puerto, se encontraban ahora amontonadas en la arena. Por lo general, cuando se avecina un chubasco, las barcas son sacadas del agua y se las deja en la arena, con piedras en su interior, para protegerlas de los efectos del viento. Pero en esta ocasión, la tormenta se había desencadenado tan de prisa que ninguna precaución pudo tomarse.

Poco después de que llegáramos a la playa, vino corriendo el padre Gallardo. Llevaba el blanco cabello despeinado y la sotana remangada hasta la rodilla. Nos dirigió palabras de esperanza y nos dijo que las barcas no tardarían en regresar. Añadió:

—La Virgen protege la flotilla y por esto no corre ningún peligro. Cerca de aquí no hay caletas, por lo que las barcas no volverán a puerto hasta la tarde. Iros a vuestras casas y tened esperanza. Poned vuestra fe en Nuestra Señora y aguardad.

Pero nadie abandonó la playa. Transcurrió la mañana, pasó la tarde, y, al ocaso, alguien vio una barca, allá junto a la punta del cabo en forma de lengua de lagarto. La barca se acercó y llegó un instante en que vi que se trataba de la roja canoa de Soto Luzón, tripulada por éste.

El viejo sacó su canoa del agua, en un lugar alejado de aquel en que la gente estaba congregada, y se sentó en el suelo. Me acerqué a él y le pregunté si había visto la flotilla.

El indio Soto Luzón lió un cigarrillo de hoja de maíz y le dio unas cuantas chupadas antes de contestar:

—No he visto la flotilla, ni volveré a verla jamás, igual que tampoco la verá usted, señor.

97

Ante estas palabras, me sentí invadido por una oleada de ira:

—¿Pretende usted decir que el pez manta ha echado a pique la flotilla?

—No, señor, no digo eso. La tormenta ha hundido las barcas y jamás volverá a verlas.

—Pero usted pretende decir que el pez manta ha invocado la tormenta.

El viejo no contestó. Indignado, me alejé de él y regresé al lugar en que se encontraba la gente. En las primeras horas de la noche, el viejo todavía estaba sentado en la arena, fumando sus cigarrillos y esperando.

Con maderas arrojadas por el mar a la playa, encendimos una hoguera y formamos círculo a su alrededor. La multitud crecía más y más y gentes amigas nos trajeron agua y comida de la ciudad. El padre Gallardo vino con una cruz que plantó en la arena, como símbolo de nuestra esperanza.

Mi madre se dirigió al padre Gallardo:

—Mi marido ofrendó la gran perla a la Virgen. Padre, tengo la seguridad de que Ella lo devolverá a casa.

El padre Gallardo repuso:

—Sin asomo de dudas porque la ofrenda fue magnífica.

Fueron transcurriendo las horas de la noche, y muchos de los que allí estaban regresaron a sus casas. Mantuvimos el fuego encendido hasta la aurora, con la esperanza de que su resplandor ayudaría a los navegantes a llegar a puerto. Al salir el sol, el aire estaba limpio y las aguas del mar se extendían tranquilas entre los cabos, en tanto que los picachos de las lejanas islas parecían flotar en el cielo y causaban la impresión de estar tan cerca que podían tocarse con la mano.

Poco después del amanecer, un muchacho que estaba en pie junto a la rompiente señaló hacia el sur. Miré y vi una solitaria figura que avanzaba tambaleándose por la playa. Al principio, pensé que se trataba de un marinero borracho procedente de la ciudad. Iba sin camisa y llevaba el rostro cubierto de sangre. De vez en cuando se caía, permanecía tumbado unos instantes y se levantaba. Pero a medida que se acercaba iba yo dándome cuenta de que aquel hombre me recordaba a alguien.

Corrí a lo largo de la playa. Era Gaspar Ruiz, el Sevillano. En el momento en que llegué junto a él, cayó a mis pies. Se levantó y fijó la vista en mí. Jamás he visto tanto terror en la mirada de un hombre vivo.

El Sevillano abrió la boca, la cerró, volvió a abrirla y dijo:

—Hundida. La flotilla se ha hundido.

Cayó de espaldas en la arena y comenzó a musitar palabras incomprensibles.

12

De los treinta y dos hombres que formaban la tripulación de la flotilla Salazar, cuyas barcas se estrellaron contra las rocas de Punta Maldonado, tan sólo uno sobrevivió, y éste fue el Sevillano.

El cuarto día siguiente al de la tormenta, se celebró el funeral en sufragio de las almas de los muertos. De nuevo la iglesia estuvo adornada con flores y atestada de fieles de la ciudad y de las montañas y también muchos de éstos se quedaron fuera. Todos decían que era muy extraño que en menos de un mes hubieran ocurrido los dos acontecimientos más importantes de la historia de La Paz. El primero fue el hallazgo de la perla. Después, se produjo la gran tormenta que hundió la flotilla, y en la que murieron tantos y tantos hombres. Nadie podía expresar en palabras sus pensamientos, pero no faltaban quienes consideraban que los dos acontecimientos estaban unidos entre sí de un modo misterioso.

Entre estos últimos me contaba yo. Aquella mañana, mientras arrodillado junto a mi madre, escuchaba las palabras del padre Gallardo, tan sólo les prestaba atención a medias.

Tenía la vista fija en la Virgen. Se encontraba en la hornacina, vestida de blanco, y en su rostro había una sonrisa, aquella sonrisa dulce que tantas veces había yo visto. La Virgen contemplaba a los enlutados fieles y sonreía como si nada hubiera ocurrido a la flotilla y a sus tripulantes allí, en las rocas de Punta Maldonado.

El padre Gallardo hablaba de mi padre y de sus generosas ofrendas a la iglesia, en especial la de la hermosa perla. En aquellos instantes, un rayo de luz traspasó los cristales de la ventana y cayó sobre la Virgen. La luz incidió en la perla que la Virgen sontenía en la mano y la hizo resplandecer. Mientras contemplaba la perla, comencé a preguntarme por primera vez cómo era posible que una ofrenda tan magnífica no hubiera protegido a mi padre contra la tormenta.

Estuve preguntándome esto mientras salía de la iglesia, juntamente con los demás asistentes al funeral, y mientras me hallaba en la plaza, hablando con unos cuantos amigos, se me acercó el Sevillano y me puso la mano en el hombro, todavía me preguntaba cómo era posible que la Virgen y la perla no hubieran podido contener la tormenta. El Sevillano me dijo:

—La gran Perla del Cielo no nos trajo suerte.

Antes de aquel instante, jamás hice caso de las burlas del Sevillano, pero ahora sus palabras eran eco, hasta cierto punto, de mis pensamientos. A pesar de todo, erguí la cabeza y le contesté secamente:

—*A ti*, la perla te trajo buena suerte, de lo contrario no te contarías todavía entre los vivos.

—No. Si estoy vivo no se debe a la perla, sino a que soy un excelente nadador.

Mientras el Sevillano y yo estábamos allí, sin hablar, vi al viejo indio que, a lo lejos, paseaba despaciosamente arriba y abajo. De vez en cuando dirigía una mirada a la iglesia y a la muchedumbre que comenzaba a regresar a sus casas, pero en momento alguno me miró. Parecía que no se hubiera enterado de que yo estaba allí. Sin embargo, cuando me despedí del Sevillano, oí pasos a mis espaldas, y, al volverme, vi al viejo indio a menos de un metro de distancia. Me dijo:

—Una vez más quiero decirle que la perla pertenece al Diablo Manta. Y se lo digo porque *usted* fue quien descubrió la perla.

No le contesté, y momentos después me perdía entre la multitud. En vez de ir a casa, tal como había proyectado, para hacer compañía a mi madre y a mi hermana, me dirigí hacia la iglesia. Pensaba hablar con el padre Gallardo y contarle las dudas que sentía. El padre Gallardo no se encontraba en la sacristía situada detrás del altar, y no pude encontrarle en ningún otro sitio de la iglesia.

Me acerqué a la hornacina en que estaba la Virgen, me arrodillé ante ella y cerré los ojos. Pero solamente podía pensar en las barcas destrozadas contra las rocas de Punta Maldonado, en mi padre muerto, y en la advertencia del viejo indio Soto Luzón. Abrí los ojos y fijé la vista en la Virgen. Miré la perla que sostenía en su mano, en aquella mano abierta y ofrecida, como si deseara que yo o cualquier otra persona cogiera la perla.

Me puse en pie y miré a mi alrededor. La iglesia estaba desierta. Pronuncié en voz alta el nombre del padre Gallardo, pero nadie contestó. En un rápido movimiento, alargué la mano, cogí la perla, la quité de la palma de la mano de la Virgen, me la metí en el bolsillo, y, a pasos silenciosos, comencé a recorrer el pasillo, camino de la salida.

Al entrar en la iglesia, había cerrado la gran puerta a mis espaldas, y, ahora, al abrirla y dar dos pasos al frente, me encontré de manos a boca con el Sevillano, quien me dijo:

—Volvía para recoger el sombrero. Lo había olvidado dentro, y espero encontrarlo a no ser que algún ciudadano de este pueblo de ladrones me lo haya robado.

Me eché a un lado para dejarle pasar. El Sevillano dio un paso atrás y me miró. Fue una mirada muy rápida, pero, mientras proseguía mi camino, me pregunté si aquella rápida mirada no habría bastado para que el Sevillano se diera cuenta del bulto de la perla en mi bolsillo.

Crucé la plaza, y mientras lo hacía volví varias veces la vista atrás porque casi esperaba que el viejo indio me siguiera. Y, al llegar a la puerta de casa, pensé que el indio saldría de bajo los árboles y vendría a mi encuentro.

103

Aquella tarde, un monaguillo se dio cuenta de la desaparición de la gran perla. Supe que alguien había descubierto el robo, debido a que la gran campana de la iglesia comenzó a doblar.

Al oír el primer tañido de la campana, mi madre, que estaba escribiendo una carta, dejó caer la pluma y me miró. Instantes después, me preguntaba:

—¿Qué significa este doblar de la campana?

—Toca a oración.

—Pero no es la hora de oración...

Repuse:

—Será que algún muchacho anda jugando en el campanario.

La campana siguió doblando y, poco después, el padre Gallardo llamaba a la puerta de casa y gritaba jadeante:

—¡La perla ha desaparecido! ¡No está!

Le pregunté:

—¿Desaparecido?

—¡La han robado!

Me puse en pie de un salto y seguí al padre Gallardo hasta la iglesia. La gente se había congregado ante la puerta. El padre Gallardo me precedió a lo largo del pasillo, señaló la hornacina en la que se encontraba la imagen de la Virgen con la mano extendida al frente, y la palma vacía. Un numeroso grupo nos había seguido, y se aventuraron muchas ideas acerca de quién podía ser el ladrón. Uno dijo que un indio al que él conocía había robado la gran perla. Otro dijo que había visto a un hombre desconocido y de extraño aspecto salir corriendo de la iglesia.

Mientras las mujeres lloraban y el padre Gallardo se retorcía las manos, estuve a punto de decir: «Yo soy quien tiene la perla. Está en mi dormitorio, escondida debajo de la almohada. Esperad un instante y la traeré». Pero pensé en las barcas hundidas en Punta Maldonado, y de nuevo volví a oír la voz del viejo indio, tan claramente como si estuviera allí, en la iglesia, a mi lado, advirtiéndome solemnemente otra vez.

Salí de la iglesia, me fui a casa y, después de cenar, con la perla escondida bajo la camisa, bajé a la playa, a la que me dirigí dando un rodeo para que nadie me viera. Allí, busqué hasta encontrar una barca propiedad de un amigo. No era una embarcación rápida, debido a que por su gran tamaño me resultaría difícil manejarla, pero no había otra.

Cuando salió la luna, inicié el viaje hacia la ensenada en que vivía el Diablo Manta, o en la que el viejo indio decía que vivía. En aquellos instantes, casi creía en la verdad de las palabras del viejo indio.

13

Poco antes del alba, llegué a la entrada de la ensenada. Había marea baja, pero en aquellos instantes el mar comenzaba a avanzar por lo que tuve ciertas dificultades en recorrer con la embarcación el oscuro y estrecho canal.

Al acercarme a las rocas que se alzaban en la entrada de la ensenada, advertí que estaba casi oculta por una niebla rojiza, tan densa que mi vista no alcanzaba a ver la playa en la que vivía el viejo. Entonces, oí el sonido. Quizá no oí nada, pero tuve la impresión de que algo o alguien había a mis espaldas.

Durante la larga noche, había pensado muy poco en el Diablo Manta y, cuando lo hice, no sentí miedo alguno. Un ser capaz de cambiar de forma, de adoptar la propia de un hombre, de ir a la ciudad e incluso de entrar en la iglesia, tal como el viejo indio me había dicho, y que era amigo de peces y tiburones que le contaban todo lo que veían u oían en el mar, forzosamente debía saber que yo tenía en mi poder la gran perla y que me disponía a devolverla en su cueva. Sin embargo, aquella noche, mientras remaba rumbo al sur, de vez en cuando escruté las olas que la luna iluminaba, en busca de la monstruosa bestia en forma de murciélago. Pero también es cierto que, mientras lo hacía, en mis labios había una media sonrisa.

A mis espaldas, en la niebla, volví a oír el sonido. Entonces, superando el susurro del agua que avanzaba impulsada por la marea, oí una voz que reconocí inmediatamente:

—Buenos días, compañero. Parece que no remas muy de prisa. Te he seguido desde La Paz, y me he pasado la noche remando despacio y esperándote, y al fin me he dormido. ¿Tanto pesa la perla que no te permite avanzar de prisa?

Con tanta serenidad como me fue posible, le dije:

—¿Qué perla?

El Sevillano se echó a reír, y contestó:

—La grande, naturalmente. Escucha, más valdrá que no mintamos. Sé que tú fuiste quien robó la gran perla. Estaba junto a la puerta y vi cómo la robabas. Cuando saliste, también vi el bulto de la perla en tu bolsillo. Como sea que vamos a decir la verdad y que tú seguramente te preguntarás por qué te vigilaba, te diré que si yo estaba allí era porque también quería robar la perla. ¿Te sorprende?

Le dije:

—No.

El Sevillano se echó a reír y añadió:

107

—Dos ladrones... Ahora que hablamos sinceramente, entre ladrones, dime: ¿tienes la perla?

La densa niebla me impedía verle y, por otra parte, tampoco podía determinar dónde se encontraba la barca del Sevillano, quien, en aquel instante, me dijo:

—Y en el caso de que no tengas la perla, ¿es aquí donde la encontraste?

Su voz adquirió duros acentos:

—Quiero que me des una respuesta veraz a las dos preguntas que te he hecho.

Entonces la niebla roja se aclaró un poco, en el lugar en que nos encontrábamos, y los rayos del sol llegaron hasta nosotros. El Sevillano se encontraba en un punto situado entre mi barca y la entrada a la cueva del pez manta, mucho más cerca de lo que había creído. En la mano llevaba un cuchillo al que el sol arrancaba destellos. Nos miramos fijamente, y por la expresión de su rostro advertí que estaba dispuesto a servirse del cuchillo, en caso de necesidad. Seguí en silencio. El Sevillano dijo:

—No creas que te desprecio por haber robado la perla. Por los beneficios que nos ha traído, más hubiera valido dársela al diablo. Y tampoco me parece mal que quieras guardar en secreto el lugar en que la encontraste. Pero, compañero, más valdrá que me lo digas todo y, después, hablaremos de otros detalles.

Se puso el cuchillo al cinto. Acercó su barca a la mía, hasta que quedó rozando la proa de ésta.

Me tendió la mano, en espera de que le diera la perla.

La cueva estaba oscura, pero no muy lejos, por lo que podía verla bastante bien. Me saqué la perla de bajo la camisa, como si me dispusiera a dársela al Sevillano y, en el momento en que éste acercaba la mano para recibirla, la arrojé al aire, por encima del Sevillano, en dirección a la boca de la cueva.

Fue un acto imprudente, ya que apenas mi mano hubo arrojado la perla, el Sevillano estaba ya en el agua, buceando. Cogí los remos y orienté mi pesada barca contra la corriente del agua, con la idea de remar hasta la lejana orilla interior de la ensenada y pedir ayuda al viejo indio. Antes de que consiguiera orientar la barca, el Sevillano salió a la superficie, se agarró a uno de mis remos y, luego, a la borda. En la mano sostenía la gran perla negra.

Subió a bordo y dijo:

—Has arrojado la perla al Diablo y el Diablo la ha cogido. Ahora, vayamos en busca de mi barca.

La marea la había alejado. Era una barca más pequeña que la mía y, cuando llegamos junto a ella, vi que iba repleta de provisiones, suficientes para hacer un largo viaje. Allí había comida, agua, hilo para pescar, anzuelos, un arpón de acero y otros objetos. El Sevillano saltó a su barca y, con un ademán, me indicó que le siguiera. No sabía yo qué pretendía hacer aquel hombre conmigo, por lo que me quedé inmóvil. Entonces me dijo:

—Vamos, de prisa, compañero. Todavía tenemos que recorrer muchas millas.

Repuse:

—Yo voy a la playa. Tengo que hablar con Soto Luzón.

El Sevillano se sacó el cuchillo del cinto. Yo dirigí la vista hacia la lejana playa, con la esperanza de que el viejo indio hubiera oído nuestras voces, y se acercara a la ensenada para ver quiénes eran los que hablaban, pero la niebla rojiza todavía ocultaba la playa a mi vista.

De nuevo el Sevillano me indicó con un ademán que pasara a bordo de su barca, pero en esta ocasión me amenazó con el cuchillo. No me quedaba más remedio que obedecerle.

Cuando estuve en su barca, me dio un par de remos, y me dijo:

—Siéntate y procura estar lo más cómodo que puedas.

Se quitó la camiseta, envolvió con ella la perla negra y se sentó detrás de mí. Dijo:

—Rema.

La niebla había comenzado a disiparse. Dirigí una última mirada a la playa. Estaba desierta. En aquel instante sentí que la punta del agudo cuchillo me pinchaba en el hombro. Cogí los remos y comencé a bogar, sin saber a dónde íbamos.

El Sevillano me dijo:

—Hacia el mar. Sí, vamos a seguir este rumbo. ¿Y por qué seguimos este rumbo? Como sea que tarde o temprano me lo preguntarás, prefiero de-

110

círtelo ahora. Vamos a la ciudad de Guaymas. ¿Y qué haremos allí? Venderemos la perla. Sí, la venderemos los dos juntos, tú y yo, porque los comerciantes de perlas de Guaymas conocen el apellido Salazar. Y gracias a esto nos darán por ella diez veces más de lo que me darían si la vendiera solo.

Guardó silencio y comenzó a preparar sus remos. Le oí en el momento en que los colocaba en posición y pensé: «Ahora es el momento oportuno para tirarme al agua y nadar hasta la playa». Como si el Sevillano hubiera adivinado mis pensamientos, volví a sentir la punta de su cuchillo en la espalda. Oí su voz:

—Ya que no puedo vigilar y remar al mismo tiempo, tú serás quien se encargue de remar, así es que dedícate a ello, compañero. La marea no espera.

Lentamente, comencé a bogar, mientras pensaba desesperadamente para encontrar un modo de salir de aquella situación. Pero todo era inútil, porque tenía el cuchillo en la espalda, y no me quedaba más remedio que cumplir lo que me ordenara el Sevillano.

Una vez hubimos salido del canal, cuando nos encontrábamos ya demasiado lejos de la playa para que yo pudiera ganarla a nado, el Sevillano puso rumbo al este del mar Bermejo, e izó una vieja vela.

14

Soplaba un fresco viento del sur y, aquella mañana, recorrimos una buena distancia. Al mediodía, comimos tortas de maíz, que el Sevillano había traído, y yo me tumbé y dormí. Cuando me desperté, al ocaso, pregunté al Sevillano si quería que me hiciera cargo del timón, mientras él dormía. Sonrió y dijo:

—No. No confío mucho en ti, compañero. Bien podría ocurrir que jamás despertara de este sueño y, caso de que despertara, quizá fuera para darme cuenta de que habías dado media vuelta a la barca y de que navegábamos rumbo a La Paz.

A pesar de todo, el Sevillano dormitó un poco, aunque con un ojo abierto, la mano en la empuñadura del cuchillo, y la perla entre los pies, entre unos pies que tenían dedos tan largos como los de la mano.

El viento se extinguió y, cuando salió la luna, vi en el mar, a no mucha distancia, a babor, un extraño movimiento. Lo que vi no era una ola, ya que el mar estaba encalmado. Por aquella zona había muchos tiburones, por lo que pensé que el movimiento había sido producido por algunos de estos animales que estarían ocupados en devorar un banco de peces. Poco después, volví a ver el movimiento y, en esta ocasión, la luz de la luna se reflejó en unas alas abiertas, que se alzaban y descendían lentamente. Sin duda alguna, se trataba de un pez manta.

Aquel día vimos a varios peces de esta clase, dedicados a tomar el sol o a saltar en el aire alegremente, por lo que no presté la menor atención a aquél que nos seguía. Caí dormido, y alrededor de medianoche me despertaron unos ruidos que yo creí haber oído en sueños.

Eran ruidos leves y no muy distantes, parecidos a los que producen las olas pequeñas al resbalar sobre la arena de la playa. De repente me di cuenta de que no había soñado aquellos ruidos, ya que a menos de cien pies de distancia, iluminado por la luz de la luna, vi a un gigantesco pez manta que nadaba tras nuestra barca. Dije:

—Parece que tenemos un compañero.

El Sevillano replicó:

—Sí, y un compañero bastante grandote. Me gustaría echarme al agua y atar una cuerda al cuerpo de este pez para que nos remolcase. Estoy seguro de que no tardaríamos en llegar a Guaymas.

El Sevillano se rió de sus propias palabras, pero yo guardé silencio, con la vista fija en el gigantesco pez manta que ahora nadaba junto a la popa de nuestra barca. Tenía la certeza de que era la misma manta que había visto antes, aquel mismo día. El Sevillano dijo:

—Seguramente ha olido las tortas de maíz.

Cuando se hizo de día la manta siguió nadando detrás de nuestra barca. Se había acercado un poco y avanzaba a la misma velocidad que la barca, con ligerísimos movimientos de sus alas, de modo que más parecía un gigantesco murciélago que flotara en el aire que un pez. Dije al Sevillano:

—¿Te acuerdas de aquel día en que navegábamos rumbo a La Paz y en que tú gritaste «¡El Diablo Manta!», y el indio se asustó? Pues bien, me gustaría que aquel indio pudiera ver este pez.

El Sevillano dijo:

—He visto muchos peces manta en mi vida, pero éste es el mayor de todos. Juraría que mide diez pasos de punta a punta, y que pesa más de dos toneladas. Pero estos peces son pacíficos, parecen murciélagos de mar, y son alegres como delfines. A veces han seguido durante todo un día mi barca, sin hacerme daño jamás. Sin embargo, con un solo golpe de ala o de cola pueden mandarte al otro mundo.

Pasó casi una hora y, entonces, la manta se colocó delante de la barca. En el momento en que pasó junto a nosotros, vi claramente sus ojos. Eran del color del ámbar, con puntos negros, y parecían fijos en mí y solo en mí, sin prestar la menor atención al Sevillano. También vislumbré la boca del pez manta, recordé que mi madre me había dicho que el Diablo Manta tenía siete hileras de dientes, y dije para mis adentros: «Mi madre estaba equivocada. No tiene dientes en la parte superior, y solo tiene una hilera en la inferior; son dientes sin filo, en nada parecidos a cuchillos, y muy blancos».

El pez manta dio media vuelta y regresó, nadando en círculo a nuestro alrededor. Luego, volvió a alejarse. Pero en esta segunda ocasión, cuando la manta regresó, su círculo a nuestro alrededor fue más estrecho, y levantó unas olas que hicieron balancear la barca. El Sevillano dijo:

—Comienzo a cansarme de nuestro amigo. Si se acerca más sabrá lo que es el arpón.

De buena gana hubiera dicho al Sevillano: «Más valdrá que no le molestes. Para esta manta el arpón no puede ser más que el pinchazo de una aguja». Intenté decir: «Este pez que nada junto a nosotros no es una manta cualquiera, sino que es el Diablo Manta». Pero tenía los labios paralizados y no pude pronunciar palabra.

Creo que todo se debía a aquel ojo ambarino que me miraba fijamente, sin prestar atención al Sevillano. También podía deberse a aquellos cuentos que me contaban cuando yo era niño y que tanto me aterrorizaban porque todavía no había aprendido a reírme de ellos, aquellos cuentos que ahora regresaban a mi mente, con más sentido de realidad que en ningún otro momento. No lo sé. Pero sí sé que, de repente, tuve la certeza de que el gigante que nadaba a nuestro alrededor era el Diablo Manta.

Los círculos se estrechaban más y más. Y yo

no tenía la menor duda de que el centro de ellos éramos nosotros, nuestra barca, el Sevillano, yo y la perla.

La barca comenzó a balancearse violentamente, el agua entró en ella, y el Sevillano y yo tuvimos que dedicarnos a achicarla con nuestros sombreros, para no hundirnos. A cosa de media milla, o quizá menos, se alzaba una isla llamada la Isla de los Muertos. Había merecido este nombre debido a que en ella vivía una tribu de indios que daban muerte a cuantos desembarcaban en la isla, que cazaban tortugas con flechas, y debido también a muchas otras razones. El Sevillano dijo:

—Sigue achicando el agua y yo remaré. Vamos a la isla.

—Sí, también yo prefiero correr los riesgos que ofrece la Isla de los Muertos.

Y en mi vida había hablado con tanta sinceridad como en aquella ocasión.

Como si se hubiese enterado de nuestros planes, el Diablo Manta se alejó de nosotros, se sumergió, perdiéndose de vista, y nos permitió llegar sanos y salvos a la isla.

15

La Isla de los Muertos es una isla yerma, como todas las que hay en el mar Bermejo, pero tiene una acogedora caleta con playa de arena a la que acuden cientos de tortugas para poner en ella sus huevos. Hacia allí nos dirigimos. Dejamos la barca en la playa y ascendimos a una baja colina, situada tras la caleta, desde la que se divisaba un excelente panorama de la isla.

La Isla de los Muertos es pequeña y plana en casi su totalidad. En la parte sur vive una tribu de indios, al aire libre, sin guarecerse bajo techo alguno. Desde la colina, vimos las hogueras del atardecer, y las siluetas de hombres y mujeres a su alrededor, así como las negras canoas de los indios ordenadamente dispuestas en hilera, en la playa. En consecuencia, el Sevillano y yo llegamos a la conclusión de que nadie nos había visto penetrar en la caleta.

Pusimos la barca quilla al cielo, vaciándola del agua que fue casi causa de que naufragáramos, y volvimos a comer tortas de maíz. Cuando terminamos de hacerlo, era ya de noche.

El Sevillano dijo:

—Esperaremos una hora. Esto dará tiempo sobrado al pez manta para encontrar otra barca a la que seguir.

Repuse:

—Podemos esperar una hora e incluso un día, pero igual dará porque el pez manta seguirá aquí.

—¿Qué quieres decir con esto?

—Pues quiero decir sencillamente que este pez que nos ha seguido es el Diablo Manta.

Estaba la noche demasiado oscura para permitirme ver el rostro del Sevillano, pero sabía que me miraba como si creyera que me había vuelto loco de remate.

A gritos, el Sevillano dijo:

—¡Virgen Santísima! Sé muy bien que los indios ignorantes creen en la existencia del Diablo Manta. Pero me parece increíble que un hombre como tú, que ha ido a la escuela y que ha leído libros, que un miembro de la poderosa familia Salazar, crea en este cuento de viejas. ¡Por Santa Rosalía que me sorprende!

Añadí:

—Y te voy a decir más, el Diablo Manta quiere la perla, y esperará hasta que consiga recuperarla.

El Sevillano estaba sentado con la espalda apoyada en el costado de la barca. Se puso en pie y se acercó al lugar en que yo me encontraba.

Mirándome de arriba abajo, dijo:

—Si arrojo la perla al mar, y la manta la coge se irá y nos dejará en paz. ¿Es eso lo que tú crees?

—Sí.

El Sevillano me volvió la espalda, anduvo hasta la barca y le atizó una patada, lo cual lo hizo, a mi juicio, para expresar su asco. Luego, se alejó perdiéndose en la oscuridad, como si quisiera apartarse lo más posible de mí.

Salió la luna. Poco después, en lo alto de la colina, oí los suaves gritos de los pájaros y el sonido de sus alas. Algo había inquietado a las golondrinas de mar que al ocaso regresaron a sus nidos. Cuando levanté la vista, vi una silueta recortada contra el cielo.

Me puse en pie de un salto, pero no llamé al Sevillano. Comprendí que se me presentaba la ocasión de librarme de él. Podía subir a lo alto de la colina y explicar a aquel indio las razones de mi desembarco en la isla. Cabía muy bien la posibilidad de que el indio me ayudara, ya que comprendería cuanto le diría acerca del Diablo Manta.

Era un plan peligroso. Sin embargo, hubiera podido tener éxito si el Sevillano no hubiese visto también al indio.

Oí el grito del Sevillano:

—¡Vayámonos!

Dudé unos instantes, con la vista fija en la silueta del indio en la colina. Las golondrinas de mar comenzaron a gritar y a revolotear de un lado para otro, por lo que tuve la seguridad de que más indios habían abandonado su poblado para reunirse con el que primeramente había visto allí.

El Sevillano corrió hacia la barca, le dio la vuelta, y metió a bordo las provisiones que había dejado en la arena. Gritó:

—¡De prisa, ven!

Fui andando hasta la barca y ayudé al Sevillano a ponerla a flote. En aquellos momentos, ignoraba dónde se encontraba la perla. Si se hallaba escondida en la barca, o si estaba en el bolsillo del Sevillano. Éste me dijo:

—Quizá prefieras quedarte. Los indios de la Isla de los Muertos tienen la costumbre de cavar un hoyo en la arena, de enterrarte en él hasta la barbilla, y dejar que las tortugas se te coman la cara. A lo mejor prefieres esto a enfrentarte con el Diablo Manta.

La barca estaba ya a flote y el Sevillano empuñaba los remos. Me preguntó:

—¿Vienes o te quedas?

Una lluvia de flechas llegó silbando desde lo alto de la colina y fueron a clavarse en la arena. No me quedaba más remedio que saltar al interior de la barca. Y precisamente esto es lo que hice, en el instante en que una segunda lluvia de flechas caía en el agua, a nuestro alrededor.

La luna parecía casi llena, el aire era limpio y ante nosotros se extendía el mar como una inmensa plancha de plata. No se veía el menor rastro del Diablo Manta. El Sevillano izó la vela, pese a que el viento se había extinguido, y los dos, temerosos de que los indios nos persiguieran en sus canoas, comenzamos a remar con todas nuestras fuerzas. Durante mucho rato, pudimos oír los aullidos de los indios, pero no intentaron seguirnos.

Cuando estuvimos algo alejados de la isla, se levantó una ligera brisa. El Sevillano ajustó la vela, miró la estrella polar, y puso la barca rumbo al este, a lo largo del rastro de la luna en el mar.

16

Al amanecer, habíamos dejado atrás la Isla de los Muertos. El aire estaba en calma, y ni una ola alteraba la lisa superficie del mar. Estábamos envueltos en una tenue niebla roja, y no vi al Diablo Manta hasta una hora después. Fue en el momento en que un pez aguja, largo como mi brazo, saltó del agua y pasó volando junto a mí, como una bala. A mis oídos llegó el crujir de sus verdes dientes, y cuando miré alrededor para ver qué era lo que podía haber asustado a aquel pez de bravura tan conocida, el agua se alzó, a cierta distancia a popa de la barca, y de la colina de agua surgió la manta.

Acompañada de una nube de espuma, la manta saltó al aire, saltó a una altura superior a la que jamás había visto yo saltar una manta, tan alto llegó que pude ver el brillo de su blanca panza, y los latigazos de su larga cola. Pareció quedarse inmóvil unos instantes, en el aire, como si quisiera inspeccionar sus alrededores y, a continuación, descendió y chocó contra el agua produciendo un sonido como el del trueno.

El Sevillano dijo:

—Parece que nuestro amigo quiere presumir. Había hablado con calma. Yo le miré, mientras me preguntaba si en aquellos momentos el Sevillano todavía ignoraba que aquel pez manta que había saltado al aire era el Diablo Manta, y las razones por las que había saltado.

El Sevillano cogió la perla que aprisionaba con sus pies, la puso tras el recipiente de agua que se encontraba a proa, y cogió el arpón. Dijo:

—He dado muerte a nueve mantas. Es mucho más fácil matar a una manta que a una ballena del mismo tamaño, debido a que carecen del sistema de respiración de las ballenas. También es más fácil matar a una manta que al tiburón negro, que al tiburón tigre y que al tiburón gris.

El Diablo Manta se hundió en el agua, perdiéndose de vista. Faltaba poco para el mediodía cuando volvimos a verle. Se había alzado un ligero viento que rizaba la superficie del mar, y bien podía ser que la manta hubiera estado nadando junto a nosotros, mientras el Sevillano me explicaba lo sencillo que era matar a una manta, y los lugares en que había dado muerte a cada una de sus nueve mantas.

Primeramente, vi las alas abiertas. Después el pez manta adelantó a la barca, y vi cómo sus ojos de color de ámbar se orientaban hacia mí y me miraban igual que antes habían hecho. Aquellos ojos me decían tan claramente como las palabras habladas: «La perla es mía. Arrójala al mar. Te ha traído mala suerte y padecerás esta mala suerte hasta que me devuelvas la perla».

En aquel instante, probablemente murmuré unas palabras que revelaron el miedo que sentía, ya que el Sevillano achicó las pupilas y estudió mi rostro. Seguramente estaba convencido de que se encontraba ante un niño o ante un loco.

La manta se alejó, hasta quedar fuera del alcance del arpón. Majestuosamente se adelantó a nosotros y regresó trazando, muy despacio, un ancho círculo. Con los pies separados, y una pierna apoyada en el timón, el pesado arpón en la mano, el Sevillano esperaba que la manta se acercara.

Desde el lugar en que yo me encontraba no podía coger la perla. Para llegar a ella hubiera tenido que arrastrarme hasta el otro extremo de la barca. Y como sea que el Sevillano podía advertir todos y cada uno de mis movimientos, decidí esperar el momento en que el Diablo Manta se acercara y en que el Sevillano tuviese la atención fija en él.

El Sevillano volvió a mirarme:

—Comienzo a comprender ciertas cosas.

Había hablado en voz suave, pacientemente, como si se dirigiera a un niño o a un tonto. Prosiguió:

—Robaste la perla a la Virgen porque no protegió la flotilla de tu padre, ni a tu padre. Navegaste durante toda la noche para ir a la ensenada en donde encontraste la perla. Y fuiste allá para devolvérsela al Diablo Manta. ¿No es eso?

No le contesté. El Sevillano dijo:

125

—Pues bien, permite que te diga una cosa. Una cosa que tú no sabes, una cosa que nadie sabe, salvo Gaspar Ruiz.

Guardó silencio unos instantes, con la vista fija en el Diablo Manta. Siguió:

—Si no hubiera sido por un pequeño detalle, en este preciso instante la flotilla de tu padre navegaría bajo este mismo cielo, o estaría anclada en el puerto de La Paz. Y tu padre quizás estaría sentado en el patio de tu casa, comiendo asado de cerdo y bebiendo buen vino de Jerez.

Sentí una oleada de ira. Me quedé quieto, pero el Sevillano advirtió mi enojo por la expresión de mi rostro. Siguió:

—Cálmate. Lo único que quiero es explicarte la razón por la que la flotilla se estrelló contra las rocas de Punta Maldonado. Jamás ha habido mejores barcas que aquéllas en el mar Bermejo. Y tu padre era un excelente capitán. Sin embargo, las barcas, las tripulaciones y tu padre se hundieron a causa de una tormenta que no fue peor que otras muchas por ellos capeadas. ¿No me preguntas por qué?

—No, no te pregunto absolutamente nada.

—Pues bien, te lo voy a decir, compañero, ya que quizá tenga que esperar bastante tiempo antes de poder desembarazarme de la manta. Y mientras yo vigilo no puedo prestar atención a lo que tú haces, e igual te da una idea loca, y coges la perla y la arrojas al mar. Si hicieras esto, tendría que rebanarte la garganta. Y esto sería una verdadera lástima, ya que la manta no fue la causa de la muerte de tu padre.

El Diablo Manta estaba todavía bastante alejado y no parecía tener prisa alguna en alcanzarnos. Perezosamente alzaba y bajaba sus hermosas alas oscuras. Pero el Sevillano amarró el extremo del arpón a la cuerda y enrolló el resto de ésta junto a sus pies. Dijo:

—Cuando la tormenta se avecinaba, cuando, al sur, el cielo quedaba cubierto de terribles nubes, dije a tu padre que más valía que regresáramos y nos guareciésemos en Las Animas. Se rió de mí. Dijo que íbamos con el viento en popa y que podíamos llegar a puerto antes de que la tormenta se desencadenara. Fue una mala decisión. Y la tomó por culpa de la perla, pensando en la ofrenda que había hecho a la Virgen. No, no, tu padre no habló de la perla. Ni siquiera una vez la mencionó mientras discutíamos y mientras el viento soplaba y las nubes se hacían más y más densas. Sin embargo, en todo momento pensó en la perla. Me di cuenta con toda claridad, lo supe por el modo de hablar de tu padre. La ofrenda de la perla era algo muy importante para él.

El Sevillano hizo una pausa, levantó la barbilla y adoptó una postura altanera para indicar el aspecto que ofrecía mi padre, durante aquella discusión. Y aquella postura del Sevillano me recordó el instante en que, en la sala de estar de casa, mi padre entregó la perla al padre Gallardo, y también me recordó aquel otro instante en que mi pa-

127

dre dijo a mi madre que el cielo siempre protegería a la Casa Salazar.

El Sevillano prosiguió:

—Por el modo de hablar de tu padre sabía yo que pensaba en la perla. Tu padre tenía la seguridad de que Dios guiaría su mano en la tormenta y en todo género de dificultades.

El Sevillano pasó un dedo por la punta del arpón, recorrió con la vista la longitud de éste y, para practicar, ejecutó los movimientos propios de lanzarlo. Mientras hacía lo anterior, dijo:

—Si pudieras echar el tiempo atrás, ¿volverías a robar la perla a la Virgen?

Confuso todavía por la explicación que acababa de darme el Sevillano, así como por la pregunta que me había dirigido, dudé unos instantes. Antes de que pudiera hablar, el Sevillano me dijo:

—No, Ramón Salazar no volvería a robar la perla. No, claro que no, ahora que ya sabe la razón del hundimiento de la flotilla. Y tampoco quiere robársela a su buen amigo y compañero, Gaspar Ruiz.

El Sevillano esperó en silencio mi contestación, pero no se la di. Sentado en la barca, contemplaba yo cómo el Diablo Manta nadaba sin aparente esfuerzo, a la par del avance de la barca. Yo ya había decidido lo que haría en el caso de que el Sevillano diera muerte al Diablo Manta, o en el caso de que no lo consiguiera. En uno y otro caso, sabía muy bien lo que tenía que hacer, y también sabía que era algo que no podía decírselo al Sevillano.

17

El Diablo Manta volvió a pasar junto a la barca, fuera del alcance del arpón, y trazó un ancho círculo a nuestro alrededor. Cuando de nuevo rebasó la barca, por tercera vez en aquella mañana, pasó más cerca que antes. En esta ocasión, pareció que quisiera incitar al Sevillano a arrojarle el arpón, ya que los ambarinos ojos del monstruo estaban fijos en él, y no en mí.

El Sevillano lanzó un ronco gruñido, y oí que el arpón abandonaba su mano, y vi que la cuerda se desenrollaba como una culebra y salía disparada hacia arriba. La cuerda me pilló un pie y me lanzó contra la borda. Por un instante pensé que me arrastraría al mar, pero, no sé cómo, conseguí liberarme.

Tumbado en el fondo de la barca, vi cómo el largo arpón trazaba una curva en el aire, primero hacia arriba y luego hacia abajo, y se hundía. El arpón se había clavado exactamente entre las dos alas extendidas del Diablo Manta.

Un instante después la cuerda a la que el arpón iba atado quedó tensa y rígida, la barca dio un salto en el aire y cayó de nuevo al mar, con un estremecimiento que me hizo castañetear los dientes. Luego, la barca se balanceó hacia delante y hacia atrás, pero de nuevo volvió a quedar tensa la cuerda, y comenzamos a avanzar.

El Sevillano dijo:

—Tu amigo nos remolca en la dirección que queremos.

El Sevillano se sentó al timón, y parecía contento, igual que si se dirigiera a una fiesta. Dijo:

—Si seguimos a esta velocidad, mañana llegaremos a Guaymas.

Pero el Diablo Manta solamente nadó rumbo al este durante breves instantes. Después viró y avanzó hacia el oeste. El Diablo Manta nadaba despacio, de modo que el agua no entraba en la barca, y parecía que no quisiera molestarnos en modo alguno. Avanzaba en línea recta, en una línea tan recta que no hubiera yo podido trazarla mejor con regla y compás, hacia un lugar que tanto el Sevillano como yo conocíamos muy bien. El Sevillano dijo:

—Ahora tu amigo nos lleva a donde no queremos. Sin embargo, no hay que olvidar que las mantas se cansan muy pronto.

Pero pasó la mañana y pasó el mediodía, y el Diablo Manta seguía nadando despacio hacia el oeste.

Entonces, el Sevillano comenzó a inquietarse. Ya no permanecía cómodamente sentado al timón, con su sombrero de alas anchas inclinado a un lado.

Me encargó que manejase yo el timón, y él se puso en proa, desde donde podía ver mejor al pez manta, y el arpón clavado en él, que a juzgar por los efectos, la manta llevaba como si de un alfiler se tratase.

De vez en cuando, el Sevillano murmuraba palabras para sus adentros, y me dirigía una mirada en la que había un curioso destello. Comencé a preguntarme si, al fin, el Sevillano se había dado cuenta de que su adversario no era uno de aquellos peces manta que tan poco respeto le inspiraban, sino *el pez manta*, el Diablo Manta.

Mis dudas no duraron mucho rato. Cuando llegamos a la altura de la Isla de los Muertos, el Sevillano se puso en pie de un salto, arrancó del cinto el largo cuchillo con empuñadura de corcho, y yo pensé que pretendía cortar la cuerda que nos unía al incansable monstruo. Quizá por un instante pensó hacerlo, pero, de repente, soltó un juramento, volvió a colocarse el cuchillo al cinto, y comenzó a recoger cuerda.

Con mucho esfuerzo, el Sevillano conseguía que, al acortarse la cuerda, la barca se acercara al pez. El Diablo Manta no alteró su velocidad ni su rumbo en el mar en calma. Por esto, poco a poco, nos fuimos acercando a él. Al fin, quedamos tan cerca, que con sólo alargar la mano hubiera podido coger su larga y sinuosa cola de rata.

En este momento, el Sevillano anudó la cuerda a la barca. Arrojó el sombrero al fondo de la embarcación, se quitó la camisa, y sacó el cuchillo del cinto. Llenó de aire los pulmones, lo soltó en un fuerte suspiro, y repitió tres veces este ejercicio, como si se dispusiera a bucear durante largo rato.

Todo lo hizo con una fingida sonrisa en los labios, y en movimientos falsamente airosos, como un ilusionista dispuesto a actuar ante el público. Tuve la impresión de que el Sevillano se había jurado a sí mismo dar muerte al Diablo Manta, por mucho tiempo que ello le llevase, y a toda costa. Lo mataría para demostrar que, a fin de cuentas, Gaspar Ruiz era mucho más hombre de lo que yo hubiera podido imaginar jamás.

Creía yo que me había olvidado de nuestra antigua rivalidad, y que ésta terminó en el momento en que encontré la Gran Perla. Pero estaba equivocado.

Mientras me encontraba sentado allí, con las manos sobre el timón, y contemplaba cómo el Sevillano se disponía a matar al Diablo Manta, en mí renació el antiguo odio. Me puse en pie de un salto y desenvainé el cuchillo. Era un cuchillo de buen filo pero no el que hubiera elegido para luchar con el Diablo Manta. Sin embargo, sé muy bien, ahora, que este último cuchillo no existe en todo el mundo. Grité:

—¡Lo mataremos entre los dos!

El Sevillano echó primero una ojeada a mi cuchillo y luego a mí. Se echó a reír y dijo:

—Con este cuchillo no podrías matar ni a la abuelita de esta manta. Siéntate y agárrate al timón. Si la manta comienza a hundirse, corta la cuerda, o de lo contrario la barca y tú la seguiréis hasta el fondo del mar. Y, no lo olvides, compañero, no toques la perla.

Al instante siguiente el Sevillano saltaba de la barca. Fue a caer sobre la ancha espalda del Diablo Manta, se puso de rodillas y se arrastró hacia delante, hacia el lugar en que se había clavado el arpón. Con una mano cogió la parte del arpón que sobresalía del cuerpo de la manta, y con la otra esgrimió el cuchillo.

Mucho dudo que el Diablo Manta se diera cuenta de la presencia del Sevillano, tanto en el instante en que saltó sobre él, como en aquel otro en que se arrastró a lo largo de su espina dorsal, o cuando, por fin, agarró el arpón. El Diablo Manta siguió nadando a la misma velocidad, con una parte del cuerpo fuera del agua, mientras sus negras alas se alzaban y descendían inalterablemente.

Con toda la fuerza de sus poderosos músculos, el Sevillano hundió el cuchillo hasta la empuñadura en el cuello del monstruo. Un temblor estremeció el cuerpo del Diablo Manta. El monstruo se alzó del agua, volvió a caer en ella, y su cola dio un latigazo al aire, por encima de mi cabeza.

La segunda vez que el Sevillano hundió el cuchillo en el Diablo Manta, minúsculas olas sanguinolentas comenzaron a recorrer la espalda de éste. El Diablo Manta saltó al aire, volvió a caer al mar, dio un latigazo al agua con la cola, y de lo más profundo de su cuerpo surgió un bronco gemido. El Diablo Manta levantó las alas intentando golpear-

133

se con ellas la espalda, como si quisiera así desembarazarse del Sevillano. Acto seguido, el Diablo Manta se sumergió, quedó la cuerda tensa, y la barca dio un salto al frente, con lo que todas las provisiones cayeron al mar.

En el brevísimo instante en que la bestia marina se hundía, no tuve ocasión, ni por asomo, de cortar la cuerda tal como el Sevillano me había dicho.

La barca se escoró, avanzó bruscamente, y la proa se hundió en una ola. En un instante me hubiera hundido en las profundidades, pero precisamente entonces la cuerda comenzó a ceder, luego comenzó a romperse quedando en dos porciones unidas por un hilo, y por fin se rompió del todo.

El Sevillano se encontraba de rodillas, agarrado al arpón. Quizá pretendía hundir todavía más el pincho de acero en el cuerpo del Diablo Manta, pero mientras estaba así, casi oculto por la sanguinolenta espuma, el extremo de la cuerda rota salió volando hacia delante y se enroscó en el cuerpo del Sevillano.

Ni un grito, ni una palabra, salió de la boca del Sevillano. Se encontraba de espaldas a mí y, durante un instante, vislumbré el tatuaje del que estaba más orgulloso, aquel dibujo entre sus anchos hombros, pintado en rojo, verde y negro, en el que se le veía en el acto de matar a un pulpo de doce tentáculos. Inmediatamente después, el Sevillano se hundió juntamente con su enemigo, sin soltar sus manos del arpón.

Enderecé la barca y, poco después, encontré los remos flotando en el mar. Remé dando vueltas sobre la zona en que el Sevillano había desaparecido. Lo único que vi fue una mancha de espuma, y el cuchillo con mango de corcho, que flotaba con la punta orientada hacia el fondo del mar.

Al ocaso, izé la vela y puse rumbo a La Paz. Entonces me acordé de la perla. Se encontraba allí donde el Sevillano la había dejado. De entre todo lo que llevábamos a bordo, la perla fue lo único que no cayó al mar.

18

Cuando penetré en el puerto, la ciudad todavía dormía, pero los gallos ya cantaban y faltaba poco para el alba.

Arrastré la barca sobre la arena, me quité los zapatos, los uní uno con otro, anudando los cordones, y me los colgué al cuello. Descalzo, caminé cuidadosamente a lo largo del malecón para no despertar a los perros sin dueño que dormían bajo los árboles, o a los vagabundos que dormían en los portales de las casas, y subí a lo alto de la colina, dando un rodeo. Cuando cruzaba la plaza, las primeras luces del día iluminaban el campanario y las grandes campanas.

Al abrir la puerta, ésta produjo un fuerte gemido. Esperé entre las sombras hasta el momento en que tuve la seguridad de que nadie había oído el ruido.

Junto a la puerta de nuestra iglesia, hay una gran tabla en la que se clavan anuncios y avisos al público. En el centro de esta tabla había un gran aviso, un aviso mayor que todos los demás, en el que se ofrecía una recompensa de mil pesos a quien detuviera al ladrón que había robado la perla de la Virgen. Arranqué el aviso y me lo guardé en el bolsillo.

La iglesia estaba desierta, y en el altar ardían muy pocas velas.

Avancé por el pasillo en dirección a la hornacina en forma de concha, en cuyo interior se encontraba la imagen de Santa María del Mar, vestida de blanco, y con una guirnalda de flores en el cabello. La dulce sonrisa seguía en su rostro, y tenía la mano extendida, ofreciéndola a todos los pescadores, fueran quienes fuesen, incluso a mí.

En esta mano puse la Gran Perla Negra, y dije:

—Ahora es una ofrenda de adoración, una ofrenda de amor.

A continuación, recé una oración por el alma del Sevillano, y otra por la mía. También musité una oración por el Diablo Manta, aquella criatura hija de la belleza y del mal a la que tan sólo dos hombres han visto verdaderamente, pese a que son muchos quienes dicen haberla visto, y de la que, en esta vida, todos oímos hablar alguna vez.

Tras mis rezos, recorrí rápidamente el pasillo. Al llegar a la puerta, me detuve, desanduve lo andado y subí la larga escalera que llevaba al campanario, al lugar en donde se encontraban las tres campanas de bronce.

A mis pies se extendía la ciudad. Mujeres y niños medio dormidos, con cántaros vacíos en la cabeza, se dirigían hacia la fuente. Las primeras columnas de humo azul surgían de todas las chimeneas. Y al otro lado de la plaza divisé a una de nuestras muchachas indias que barría los adoquines ante el portalón de nuestra casa. Era Luz, aquella cuyo marido se ahogó con la flotilla, en Punta Maldonado.

A mi lado, tenía las grandes campanas. Tiré con fuerza de la cuerda y las hice voltear. Todavía faltaba una hora para la primera función religiosa. Por esto, la gente, al oír los tañidos, salieron corriendo de sus casas para enterarse de la razón de la alarma.

Separé los zapatos, me los puse, y di otro fuerte tirón a la cuerda. Cuando llegué al pie de las escaleras del campanario, la iglesia estaba atestada. Por esto, me fue fácil salir sin que nadie se apercibiera de mi presencia.

Fuera, los rayos del sol iluminaban con luz dorada las techumbres de las casas. El tañido de las campanas estremecía todavía el aire de la ciudad, y también estremecía mi corazón porque en este día comenzaba mi vida de hombre mayor. No, no comenzó el día en que me convertí en socio de la Casa Salazar, ni tampoco aquel otro en que descubrí la perla, sino este día.

Pero mientras me dirigía a casa, bajo la luz dorada del sol, respirando el aire estremecido por el doblar de las campanas, procuré pensar una historia que contar a mi madre, ya que tenía la seguridad de que no creería lo verdaderamente ocurrido, del mismo modo que yo tampoco creí la historia que ella me contó muchos años atrás.

INDICE

OTROS TITULOS
DE LA COLECCION CUATRO VIENTOS

CV065 **Alexandra**
Scott O'Dell

En Florida vive una comunidad griega fiel a sus tradiciones. Los hombres de la familia Papadimitrios son los mejores pescadores de esponjas. Alexandra, la primera chica buceadora, aprende el oficio y se encuentra en una situación confusa porque hay sospechas de tráfico de drogas en la isla.

CV051. **El amigo oculto y los espíritus de la tarde**
Concha López Narváez

PREMIO LAZARILLO 1984. LISTA DE HONOR PREMIO C.C.E.I. 1986

Cuando el abuelo murió, Miguel quedó solo en Carcueña, un pueblo abandonado y escondido entre las montañas. ¿Pero estaba realmente solo Miguel? Al principio era la sensación de unos ojos clavados en su espalda, después la certeza de unos pasos...

CV027. **Balada de un castellano**
Isabel Molina Llorente

LISTA DE HONOR IBBY 1974

El escenario se sitúa en la Castilla medieval, donde se mezclan la aventura y la acción con las costumbres de aquella época. Esta obra de gran calidad literaria goza de un estilo abierto y fluído.

CV069. **Bolas locas**
Betsy Byars

En el hogar adoptivo de la familia Mason, tres chicos abandonados y maltratados por la vida se sienten como las «bolas locas» de las máquinas de juego electrónicas.

CV015. **Boris**
Jaap ter Haar

LISTA DE HONOR DEL IBBY 1978

En la ciudad de Leningrado, durante la IIª Guerra Mundial, Boris se adentra en campo enemigo, en las líneas alemanas, para buscar comida. Su encuentro con un soldado alemán es decisivo y Boris descubrirá que el verdadero enemigo es la guerra, y no el hombre. Una obra ejemplar; una historia sobre la guerra que es un mensaje de paz.

CV090 **Desaparecida**
James Duffy

Kate sabe que ha cometido una terrible equivocación. Ahora está atrapada en el coche de un hombre desconocido que dice conocer a su madre... Ante el retraso anormal de su hermana, Sandy acude a la policía y se pone en marcha una investigación policial narrada con maestría.

CV029. **Fanfamús**
Carmen Kurtz

LISTA DE HONOR C.C.E.I. 1983

Fanfamús es el nombre de todos los niños que, por un motivo u otro, no llegaron a nacer. Unas veces los padres los querían y otras no. La gran ecritora, Carmen Kurtz, aborda el tema del aborto, con sensibilidad y delicadeza y está presente el habitual delicioso sentido del humor de la autora.

CV050. **La isla amarilla**
Josep Vallverdú

Tras la explosión del barco, Norbert Gilet, el contramaestre y Abel, el polizón, logran llegar a nado hasta la playa de una isla aparentemente habitada sólo por los monos.

CV008. La isla de los delfines azules
Scott O'Dell
PREMIO ANDERSEN 1972
MEDALLA NEWBERRY 1961 LISTA DEHONOR DEL IBBY 1962
Es la historia, real, de una muchacha india que vivió 18 años en completa soledad y tuvo que enfrentarse a incontables peligros, ocultándose de los cazadores y luchando para procurarse el alimento y no darse por vencida en su soledad.

CV020. Landa El Valín
Carlos Mª Ydìgoras
«A los pequeños que se hacen grandes trabajando» — reza la dedicatoria de este libro. Y, a modo de eco, el autor describe los sombríos pozos de una mina de carbón y el duro trabajo de un niño de 12 años, que el autor mismo ha experimentado para escribir una novela. En la narración se vive la tragedia, pero es un canto de amor a la vida y la familia.

CV007. Orzowei
Alberto Manzi
LIBRO DECLARADO DE INTERÉS JUVENIL POR EL MINISTERIO DE CULTURA
LISTA DE HONOR IBBY
PREMIO FLORENCIA
Esta obra figura entre las mejores novelas juveniles. La novela está escrita con un estilo vivo, ágil y ameno. Es apasionante para los muchachos, porque se identifican de lleno con el protagonista.

CV071. El problema de los miércoles
Laura Nathanson
Los miércoles, Becky tiene cita con el doctor Rolfman, especialista en ortodoncia. Cada vez es más desagradable, extraño, terrible…
La autora, pediatra, aborda —con discreción y delicadeza— el problema, cada día más frecuente en nuestras sociedades, del acoso sexual.

CV61. El juego del pirata
Fernando Martínez Gil
PREMIO C.C.E.I. DE LITERATURA JUVENIL
Las islas del Caribe evocan lejanos tiempos de aventuras, barcos piratas y tesoros. El joven Javier Diosdado vive estos tiempos entre sueño y realidad, junto a su casa, en pleno siglo XX. Aquel misterioso galeón se le aparecía en sueños todas las noches. Una novela fascinante, escrita con un estilo literario perfecto.

CV035. El mar sigue esperando
Carlos Murciano
PREMIO NACIONAL DE LITERATURA JUVENIL 1982.
LISTA DE HONOR PREMIO C.C.E.I.
Este libro, que ha merecido el Premio Nacional de Literatura Juvenil 1982, nos cuenta la historia de un chico de catorce años, Néstor, que vive en un pueblo costero y al que las circunstancias alejan de la orilla del mar para vivir en una gran ciudad. Himno al mar, magnífico estilo literario del gran poeta y novelista.

CV021. El río de los castores
Fernando Martínez Gil
PREMIO NACIONAL DE LITERATURA JUVENIL DEL MINISTERIO DE CULTURA
En esta ya famosa obra, el autor denuncia la contaminación de la naturaleza amenazada por el poder destructivo del hombre. Moi, el pequeño castor que remonta las aguas del río, encuentra las causas de la polución,y las aguas del Gran Hermano volverán a correr claras.

CV070. El rubí del Ganges
Manuel Alfonseca
PREMIO LAZARILLO
John, el hijo del capitán Curtis, vive con su padre en la guarnición de Lucknow (India). Le gusta perderse en la ciudad como cualquier muchacho indio y en una de sus escapadas, se ve envuelto en la revuelta india de 1857.

CV106. Raymond
Mark Geller

Es la historia de un chico de 13 años, que se ve envuelto en un conflicto familiar y sufre maltratos físicos por parte de su padre. Ésta es desgraciadamente la historia de numerosos niños y niñas. Novela escrita con un estilo de total autenticidad.

CV057. Las ruinas de Numancia
Isabel Molina

PREMIO C.C.E.I. 1966
LIBRO DECLARADO DE INTERÉS JUVENILMINISTERIO DE CULTURA,
Un adolescente, Cayo Julio Emiliano, hijo de un noble médico de las legiones romanas, estuvo presente en el sitio de Numancia. A sus veintitrés años, se decide a contar la verdadera historia de esta ciudad.

CV113. Stone Fox y la carrera de trineos
John Reynolds Gardiner

Para ayudar a su abuelo, el pequeño Willy, con sus diez años, quiere ser el vencedor de la carrera de trineos con su querida perra Centella y ganar al indio Stone Fox, que nunca a perdido una carrera.
Una obra excepcional, por la calidad literaria, por la emoción y fuerza de la obra, por los valores morales que resaltan en la novela.

CV078. El signo del castor
Elizabeth George Speare

Mat, un muchacho de trece años, sintió cierto temor cuando su padre lo dejó solo en pleno territorio indio, para ir en busca de su madre y de su hermana que habían quedado en la ciudad. Aperece Attean, un muchacho indio, que le enseña nuevos modos de vida y también a comprender el pueblo de los Castores, que nunca podrán adaptarse a la vida de los hombres blancos.

CV058. Sadako quiere vivir
Karl Bruckner

LISTA DE HONOR IBBY
En la mañana del 20 de julio de 1945 descendía sobre la ciudad de Hiroshima la bomba atómica que abrasó a 86.100 personas y pulverizó 6.820 casas. Este libro cuenta la historia de Sadako, la niña superviviente de la explosión, que murió diez años más tarde, enferma de leucemia. Una magnífica novela, apasionante, imprescindible para la memoria de la humanidad.

CV002. Safari en Kamanga
Herbert Tichy

Este libro de aventuras es un estupendo reportaje vivido y cuajado de anécdotas sobre el norte de Kenia, un región esteparia y montañosa, gran reserva de animales salvajes.

CV046. La travesía
Rodolfo Guillermo Otero

ACCESIT AL PREMIO LAZARILLO
En la pampa argentina, unos niños, todos ellos hermanos, se encuentran desamparados tras el accidente que sufre su cochero al desbocarse los caballos. El providencial e inquietante encuentro con Nicanor les salva de morir de hambre y sed. Luego serán los niños quienes salvarán a Nicanor de grandes problemas.

CV114. Y entonces llegó un perro
Meindert DeJong

PREMIO ANDERSEN
MEDALLA NEWBERY
A la gallinita se le congelaron los dedos en las heladas nocturnas del invierno. No puede andar, ni correr. El granjero se resiste a comérsela e idea remedios para ayudarla…
Y entonces llegó un perro solitario buscando un hogar y sentirse útil.
Metafóricamente, se plantea el tema del minusválido.